殺生伝〈三〉　封魔の鎚

神永　学

殺生伝 Sesshou-den

三

封魔の鎚

目次

登場人物紹介

【咲弥《さくや》】

生まれながらにして
殺生石を
身体に宿している姫。

【一吾《いちご》】

困難に怯まぬ心を持った少年。
咲弥が背負った宿命に
共に立ち向かう。

【無名《むめい》】
名を捨てた凄腕の忍び。

【紫苑《しおん》】
咲弥のために尽くす従者。

【矢吉《やきち》】
無名と行動を共にする忍び。

【玄通《げんつう》】
黒い法衣を纏った
玄通寺の僧侶。
不思議な術を操る。

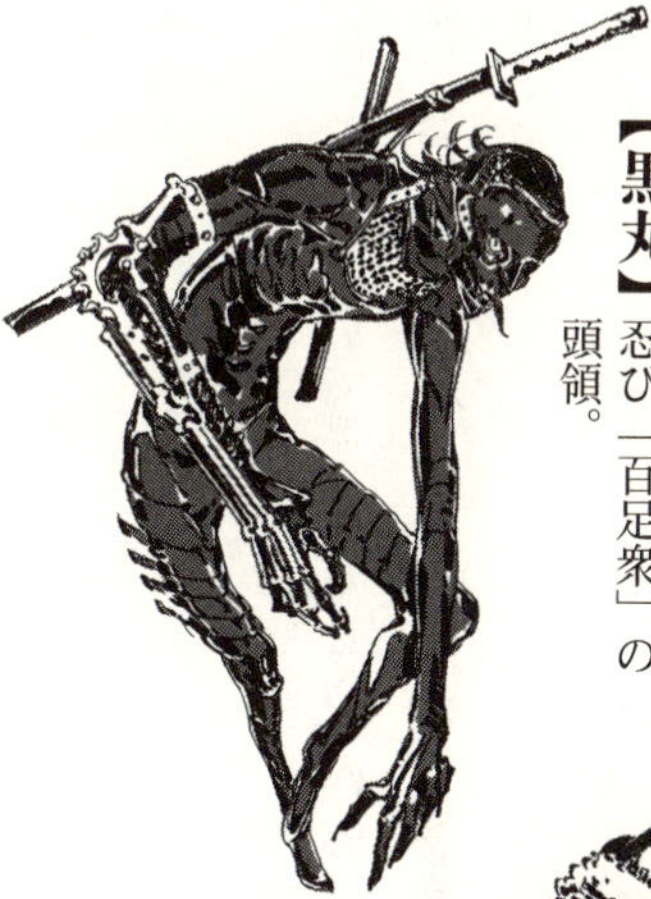

【黒丸《くろまる》】
冷徹で抜け目のない、
忍び「百足衆」の
頭領。

【山本勘助《やまもとかんすけ》】
隻眼の軍師。
妖魔を操り、
人ならざる力を持つ。

【前巻までのあらすじ】

殺生石を砕く「封魔の鎚」を求めて那須岳を目指す咲弥と紫苑と玄通。だが、その道中、一行は北信濃の武将・村上義清に攫われてしまう。後を追いかける一吾、無名、矢吉の許にも村上の手下たちが……。

窮地を脱する策を考えるが、その間に無名が矢吉に斬られてしまう。思わぬ裏切りに激高する一吾もまた、村上の手下たちに捕らえられるのだった。

しかし、助けに来たのは、裏切った矢吉と死んだはずの無名。皆で村上の許を逃げ出すが、続けざまに妖魔・弧月に寄生され〝白い獣〟に姿を変えた繁正に襲われる。乱闘の末、一吾、矢吉、玄通は、谷底に転落してしまった。

一吾たちを案じながらも、旅を再開した咲弥たちは、桔梗と名乗る無名と同郷の忍びに出会う。桔梗から、娘の香凜が危篤だと告げられた無名は、ひとり「忍びの里」

へ向かった。

残された咲弥と紫苑は、桔梗から、無名が殺生石を探していた本当の目的は、不治の病に侵された香凜を、殺生石の力で救うことだったと聞かされる。しかし、里に到着した無名の前には、すでに亡くなった香凜の姿があった。後を追いかけてきた咲弥と紫苑は、絶望に打ちひしがれる無名に別れを告げ、那須岳へと向かった。

一方、転落の衝撃で負傷した一吾は手当の最中、弧月に寄生されるが、玄通の術により、〝白い獣〟にはならず、なんとか踏みとどまった。

咲弥たちを追い、出発した一吾たちは、無名が残した伝言を目にし、忍びの里を目指すのだが、武田の軍師・山本勘助から殺生石の奪取を命ぜられた武将・小山田信有が、異形の兵たちとともに迫ってきていた——。

本文イラスト
鈴木康士

玉藻《たまも》の前《まえ》という、美しい女がいた――。

都で評判となったその女は、鳥羽《とば》上皇に見初められ、寵愛《ちょうあい》を受けることとなった。

しかし、その正体は、絶大な力をもった妖魔《ようま》、九尾《きゅうび》の狐《きつね》だった。

陰陽師《おんみょうじ》、安倍泰親《あべのやすちか》に正体を見破られた九尾の狐は、那須の地に敗走した。

鳥羽上皇は、九尾の狐を退治すべく、討伐隊を編制し、彼の地に送り込んだ。その数、数万――。

数の上で、圧倒的に優位だと思われたが、九尾の狐の強大な力の前に、討伐隊は半数以上の兵を失うこととなった。

そして――。

序章

獣の咆哮《ほうこう》が響き渡った――。

大気を震わせ、大地を揺さぶるほどの激しさだ。

山本勘助《やまもとかんすけ》は、那須岳《なすだけ》の中腹に現われたその巨体を目にして、言葉を失った。

そこにいたのは狐《きつね》だった。

ただの狐ではない。その身体《からだ》は城と見紛うほどの大きさで、大蛇の如く蠢《うごめ》く九つの尾は、神話に出てくる八岐大蛇《やまたのおろち》を連想させた。

体毛は絹のように白く、神々しいまでの美しさでありながら、深紅に染まった双眸《そうぼう》は、近付く者たちを恐怖で震え上がらせた。

――これが、九尾《きゅうび》の狐。

勘助は、半ば呆然としながら、内心で呟《つぶや》いた。

九尾の狐は、玉藻《たまも》の前《まえ》という人間の女に化けて、御台所《みだいどころ》に仕えていた。その美貌から、鳥《と》羽《ば》上皇の寵愛を受けていたが、陰陽師《おんみょうじ》、安倍晴明《あべのせいめい》の子孫である泰親《やすちか》に、その正体を見破られることとなった。

鳥羽上皇は、九尾の狐を討伐する為《ため》に、八万もの兵を派遣した。

勘助は、その討伐隊の一人だった。那須岳で九尾の狐を包囲するまで、たかが妖魔《ようま》一匹に八万もの兵を遣わすなど、大げさだと思っていた。

しかし、こうして九尾の狐の姿を目の当たりにして、その考えは消し飛んだ。

果たして、これほどの化け物を、たった八万の兵で打ち倒せるものなのか——と不安が首をもたげる。

そう思ったのは、何も勘助だけではない。他の兵たちも、九尾の狐の圧倒的な存在に、一様に恐れをなしているようだった。

——愚かな人間どもめ！　目にもの見せてくれるわ！

さっきまでの獣の咆哮とは違い、人間の言葉だった。大気を震わせて耳に届いたのではなく、頭の中に直接響いたといった感じだ。

兵たちの怯《おび》えが、より一層広がる。

「怯《ひる》むな！　矢を放て！」

兵を指揮していた三浦義明《みうらよしあき》が、叫んだ。

それを合図に、数百にも及ぶ矢が、一斉に放たれた。

九尾の狐は、尾を振るって矢を弾き落とす。が、幾本かはその白い身体に突き刺さった。

しかし、あれだけの巨体だ。その程度では打ち倒すことなどできない。

――小賢《こざか》しい！

九尾の狐は、巨大な爪の並んだ手を払う。最前線にいた十名ほどの兵が、一瞬にして肉片となり四散した。

次いで九尾の狐は、口を大きく開け、息を吸い込んだ。

木枯らしのような強い風が、辺りに吹きすさぶ。

九尾の狐は、ぎろりと兵たちを睨《にら》むと、口から炎を吐き出した。

直撃を喰《く》らった二十人ほどの兵が、跡形もなく消し飛んだ。周辺にいた者たちも、無傷では済まなかった。身体を焼かれ、呻《うめ》き、のたうち回っている。

兵たちの間に動揺が広がる。中には、逃げ出す者もあった。

「騒ぐな！」

指揮をしていた義明は、逃走しようとした兵の一人を、斬《き》って捨てた。

「逃げる者は斬る！　それが嫌なら、あの狐を打ち倒せ！　数はこちらが勝っている！　怯むな！」

その号令を合図に、再び矢が放たれた。

さらに、兵たちが九尾の狐に突進し、刀を振るう。

無謀だと言わざるを得ない。

そこから先は——まさに阿鼻叫喚《あびきょうかん》の地獄絵図だった。

鋭い爪で引き裂かれ、巨大な足で踏みにじられ、あるいは、口から吐き出される業火に焼かれ、兵たちが次々と命を落としていく。

勘助もまた、刀を振りかざして九尾の狐に突進していった。

何が起きたのかは、よく覚えていない。気付いたときには、身体が木の葉のように宙を舞っていた。

そのまま地面に叩《たた》き付けられる。

右目が見えなかった。足に強烈な痛みが走る。

勘助は倒れたまま、薄れゆく意識の中で、戦いの行方を見ていた。

次々と兵を蹴散らしていく九尾の狐の姿は、あまりに荘厳で美しかった。あれは、妖魔などではない。

神だ——。

自分たちは、愚かにも神に闘いを挑んだのだ。

第一章 失意

一

山本勘助は、何者かの気配を感じて目を開けた——。

洞窟の奥に作られた小部屋の中だ。

部屋といっても、木戸が設置され、燭台が一つ置いてあるだけの簡素な空間だ。ゴツゴツとした岩肌が剝《む》き出しになっている。

ゆらゆらと揺れる、燭台の炎に照らされ、九本の尾を持った狐《きつね》の石像が不気味に、闇《やみ》に浮かび上がっている。

勘助は、地べたにあぐらをかき、夢うつつの中で過去の幻影を見ていたようだ。

かつて己自身が、人であった頃の最後の記憶だ——。

「誰《だれ》だ?」

勘助が、戸に向かって声をかけると、一人の女が部屋に入ってきた。

美しい顔立ちをしているが、髪は老婆のように真っ白で、目には白い部分がなく、穴のように真っ暗だ。

「楊貴《ようき》か」

勘助が女の名を口にする。

楊貴は、鮮やか過ぎる赤い唇を歪《ゆが》め、にっと笑みを零《こぼ》す。

が、目が闇に覆われているせいか、それが本当に笑みなのかどうか、定かではない。

「準備が整いました」

楊貴が妖しげな声で告げる。

勘助は「そうか」と応じ、ゆっくりと立ち上がった。

筋肉が隆起した逞《たくま》しい肉体だが、それは生来のものではない。九尾《きゅうび》の狐に魂を売り、与えられた力だ。

あの日、勘助は九尾の狐の圧倒的な力を目の当たりにして、人であることをやめた。

九尾の狐に対する憧れもある。だが、それ以上に、人の脆《もろ》さ、儚《はかな》さを嫌というほど思い知った。

それだけではない。炎に包まれた地獄絵図を目にして、それまでに味わったことのない、強烈な感情が腹の底から湧き出した。

それは、他《ほか》ならない歓喜の感情だった。

これこそが、自分の求めている光景だ——勘助は、そう悟った。

その想《おも》いが伝わったからこそ、九尾の狐は、自らが眠りについている間の手足として勘助を選び、力を与えたのだろう。

詳しく問い質《ただ》したことはないが、ここにいる楊貴もまた、勘助と同類なのだろう。

勘助は、楊貴と並んで部屋を出ると、そこから続く狭い通路を、奥へ奥へと進んでいく。

それにしたがって、闇が深くなる。

普通の者なら、湿気を帯び、腐臭に塗《まみ》れたこの洞窟に入れば、吐き気を覚えるだろう。現に、穴山信友《あなやまのぶとも》を呼び出したときは、息をするのも億劫《おっくう》そうだった。

だが、勘助にとっては、澄んだ空気の方が息苦しいと感じる。

思えば、人であった頃から、そうした感覚はあったように思う。

「あの男を生かしたままで、よろしいのですか？」

楊貴が小声で訊《たず》ねてきた。

あの男とは、穴山信友のことだ。

勘助は、甲斐《かい》の国を治める武田晴信《たけだはるのぶ》に近づき、その信頼を勝ち得て軍師として召し抱えられたように思われている。だが、実際は幻術によって晴信の心を奪い、自らの傀儡《かいらい》にしているのだ。

今の武田家を支配しているのは、勘助に他ならない。

武田家の多くの家臣は、そのことに気付いていない。気付いたとしても、小山田信有《おやまだのぶあり》のように、勘助に尻尾を振るような連中ばかりだろう。

だが、信友は違った。

早い段階で、勘助が晴信を操っていることを見抜いていた。

殺してしまうのは簡単だ。だが勘助は、そうするのは惜しいと感じていた。

信友は、勘助に真実を問い質すような愚は犯さなかった。自らの忍びを使い、周囲を探らせながら、どうすべきか策を練っていたのだ。

その冷静さと狡猾《こうかつ》さは、評価に値する。

故に勘助は、わざわざ信友をこの洞窟に呼び、こちらの手の内の一部を敢《あ》えて見せた。その上で、自分と組むように要求した。

信友から、まだどうするかの返事は得ていない。

「あの男も、莫迦《ばか》ではない。どうすることが得であるかは、考えずとも分かるだろう」

「しかし、忠義に厚い男だと聞きます」

楊貴が黒い目で、勘助を見据える。

明言こそしていないが、信友の存在が、やがては計画の障害になると危惧《きぐ》しているのだろう。

──片腹痛い。

確かに、信友を買ってはいるが、あの男に、現状を打破するほどの力はない。利用はできるが、恐れるに足りない。

「邪魔をするようなら、殺すさ。どうせ、人間はみな、地獄の業火に焼かれるのだ」

勘助が告げると、楊貴は「そうでしたね」と押し殺した笑い声を立てた。

どんなに足掻《あが》こうと無駄なことだ。九尾の狐が復活すれば、この世は地獄と化す。どんな謀略も意味を成さない。

やがて、狭い通路から広い空間に出た。

城が一つ、すっぽり入るほどの広大な空間だ。そして、その空間に、百人ほどの兵が整然と並んでいた。

兵といっても、人ではない。妖魔《ようま》というわけでもない。

死体を掻《か》き集め、つなぎ合わせて作った、いわば死人の兵だ。彼らは、人間以上の力を持ち合わせている。痛みを感じることもない。命令に従い、ただ敵を排除する。

どんな兵よりも優秀だと言っていい。

「この兵たちには、那須岳に行ってもらうとしよう」

勘助が口にすると、楊貴が首を傾《かし》げた。

「小山田が向かっているはずですが……」

楊貴の言う通り、小山田に兵を与え、既に那須岳に向かわせている。が、それだけでは足りない。

「第二陣として、この者たちを送り込む」

「慎重なのですね。相手はたかが数人ですよ」

楊貴が、わずかに目を細めた。

「侮ってはならん」

勘助は強い感情を込めて言った。

確かに、殺生石《せっしょうせき》を宿す咲弥《さくや》と旅をしている一行は、わずか数人と少数だ。

だが、これまで幾度となく勘助の追っ手を退けてきた事実がある。全力で臨まねば、思わぬ失態を招くことになる。

「しかし、この者たちを誰に指揮させるのです？」

楊貴が異形《いぎょう》の兵たちに目を向けながら言った。

この兵は、力こそあるが、知能に関しては獣と同じだ。誰かが指揮を執らねば、ただの烏《う》合《ごう》の衆と化す。

だが、勘助には考えがあった。

「うってつけの男がいる――」

そう言って、勘助は恍惚《こうこつ》とした笑みを浮かべた。

二

暗闇の中に、ぼんやりと浮かぶ二つの光があった——。
怪しく煌《きら》めく、赤い光だ。
繁正《しげまさ》は、その光に吸い寄せられるように、ゆっくりと歩みを進めた。
——目を覚ませ。
声がした。
艶《なま》めかしい響きをもった声だった。
——己が目的を、思い出せ。
また、声がした。
どうやら、あの赤い光の向こうに、誰かいるらしい。
繁正は、さらに歩みを進める。
だが、途中まで来たところで、繁正ははたと動きを止めた。
あの光は——眼《め》だ。

人間の眼ではない。巨大な獣の、吊《つ》り上がった眼だった。

それに気付くと同時に、赤い眼の本体が闇の中に浮かび上がってくる。

狐だった。

白く美しい毛に包まれたその狐は、見上げるほどに巨大だった。

しかも、尾が九本生えている。九尾の狐だ。

鋭く尖った牙《きば》が並んだ口を大きく開け、九尾の狐が吼《ほ》えた。

大地を揺さぶるその咆哮《ほうこう》に、繁正の身体《からだ》は恐怖で縮み上がった。このままでは、あの化け物に喰《く》われる。

繁正は、踵《きびす》を返し、一目散に駆け出した。

振り返る余裕などなかった。そんなことをしていれば、たちまち、あの鋭利な牙に嚙《か》み砕かれ、その臓腑の血肉になってしまうだろう。

何度も、足がもつれそうになったが、それでも、繁正は走った。

——逃げられると思うなよ。

頭の中で、声がする。

「嫌だ。嫌だ。嫌だ」

繁正は、両耳を塞《ふさ》いで、必死に走る。

それでも、声は繁正の中に入り込んでくる。

――どんなに逃げようと無駄だ。お前は、もう私の下僕なのだ。

そんなはずはない。あのような化け物の下僕になどなるはずがない。抗《あらが》いながら、繁正は走った。

どれくらい走っただろう。

息が切れる。足が重い。それでも走ろうとしたが、身体が悲鳴を上げた。ついに、繁正は足を止めてしまった。

息を整えながら振り返ってみる。

ぽっかりと闇が広がっているだけで、九尾の狐の姿は見えなかった。

どうやら、逃げ切ることができたようだ。

繁正は、ほっとして前を向いた。その途端、目の前の光景に驚愕して、身体が硬直した。

あの赤い眼が、繁正のすぐ目の前にあった。

逃げようにも、身体が動かない。それが、疲労からなのか、それとも、九尾の狐の妖術の類いなのかは、分からなかった。

――己が役割を忘れるな。お前は、殺生石を奪え。他の者は皆殺しだ。

九尾の狐の声が、繁正の鼓膜を揺さぶる。

「ば、化け物め！」

繁正は叫んだ。

ふっと笑う声がした。

――化け物だと？　それは、いったい誰のことだ？

「え？」

繁正は、異変を感じて自分の手に目をやった。

爪が、めりめりと音を立てながら伸びていく。そればかりか、白い体毛が生えてきて、腕を、足を、全身を覆っていく。

強烈な痛みとともに、皮膚を突き破らんばかりに筋肉が隆起していく。

口が裂け、鋭い牙が生えてくる。

「嫌だ！　助けてくれ！」

叫んでみたが、声は誰にも届かない。

腹の底から熱い感情が湧き出し、まるで焼かれるような痛みとともに、全身に広がっていく。

繁正は、変異していく自らの身体に恐怖し、叫んだ。

その声は、もはや人のそれではなく、獣の咆哮と呼ぶべきものだった。

「があっ！」

叫びとともに、繁正の意識が覚醒した。

全身に、びっしょりと汗をかいている。呼吸も苦しい。頭の奥が、じんじんとした痛みとともに脈動している。

自らの手に目を向ける。

爪も伸びていなければ、白い体毛も生えていなかった。

どうやら、さっきまで見ていた光景は、夢だったようだ。

「目を覚ましたか」

安堵《あんど》のため息を漏らしたところで、声をかけられた。

顔を向けると、中年の男の姿があった。

何とも人の良さそうな顔をしている。服装からして、農民なのだろう。

辺りを見回してみる。板の間の上に、茣蓙《ござ》が敷かれ、繁正はそこに寝かされていた。

「ここは……。私はいったい……」

繁正が訊ねると、男は微笑んだ。

「この先にある、川で倒れておったんだ」

「川で……」

「そうだ。助けようとしたら、いきなり暴れるから、驚いたよ」

「…………」

「取り敢えず、ここに運んで傷の手当てをした。医者に診せられれば良かったんだが、何せ田舎で、医者などおらん」

男は、にっこりと笑う。

「…………」

「今は、ゆっくり休んで傷を治すことだ」

男は、そう言うと立ち上がった。

改めて自分の身体を見ると、あちこちに手拭《てぬぐ》いが巻かれていて、血が滲《にじ》んでいる。何があったか分からないが、相当な怪我を負ったようだ。

「私は……」

思い出そうとしたが、それを拒むように、頭に激痛が走った。

繁正は、頭を抱えて唸《うな》る。

――いったい、何があったというのだ。

考えれば考えるほどに、頭の痛みは強くなる。諦めて、繁正は横になった。

あの男の言うように、今は身体を休めよう。

だが、眠るのは怖かった。

夢の中に行けば、また九尾の狐が現われる——そんな恐怖にかられていた。

三

木々の間を縫うように、道ともつかない道を歩き続けていた咲弥は、ふと足を止めた。

木漏れ日が、斑《まだら》模様のような影を作っている。

先日までの暑さは幾分和《やわ》らいだものの、それでもこうして道なき道を歩き続ければ、体力は奪われる。

ただ、咲弥が抱えている憂いは、単に肉体の疲労からくるものだけではなかった。

「どうかされましたか？」

隣を歩いていた紫苑《しおん》も、足を止め訊ねてきた。

「いえ。ただ……」

咲弥は、胸に手を当てた。

指先にひんやりとした感触があった。胸に埋まった殺生石に触れたのだ。

殺生石は、九尾の狐の怨念がこもった、人の命を喰らう魔性の石だ。

好きこのんで殺生石を宿したわけではない。生まれたときから、咲弥の身体に埋まっていたのだ。

　この石のせいで、幼い頃から忌み嫌われながら、生きてきた。

　それだけではない。殺生石を狙う武田の軍勢に咲弥の住む志賀城《しがじょう》は包囲され、攻め落とされてしまった。

　城主である父、笠原清繁《かさはらきよしげ》から、殺生石を武田に渡してはならない——と命ぜられ、咲弥は逃避行に出た。

　一人では、ここまで来ることはできなかった。

　従者として、咲弥と一緒に城を出た紫苑。理由も聞かずに、咲弥を助けてくれた一吾《いちご》と真蔵《しんぞう》。

　殺生石を監視する使命を帯びた僧侶、玄通《げんつう》。忍びである矢吉《やきち》。そして——無名《むめい》。

　みながいたからこそ、今もこうして逃げ続けることができている。

「ただ——何ですか？」

　紫苑が、咲弥の顔を覗き込むようにして訊ねてくる。

「これで良かったのでしょうか？」

　咲弥はこれまでのことを回顧しながら口にした。

　紫苑の顔が、途端に曇る。

ここに来るまで、本当に多くの犠牲を払った。

玄通寺の闘いで真蔵が命を落としてしまった。一吾、玄通、矢吉の三人は、吊り橋ごと崖《がけ》に転落し、今も生死不明の状態だ。

殺生石に——自分になどかかわらなければ、彼らが危険な目に遭うこともなかった。

それを思うと、殺生石が埋まった胸が熱を持ち、息をするのもままならないほどに苦しくなる。

「咲弥様のせいではありません。ご自分を責めないで下さい。私たちには、為さねばならないことがあるはずです」

紫苑が、咲弥の肩に手を置いた。

じんわりと紫苑のぬくもりが伝わり、胸の痛みが幾分、和らいだ気がした。

紫苑の言う通りだ。

この殺生石は、単に人の命を吸うだけでなく、九尾の狐を復活させる力がある。

それを阻止する為《ため》に、殺生石を打ち砕くことができるという封魔の鎚《つち》を求めて、自分たちは那須岳を目指しているのだ。

立ち止まるわけにはいかない。

「ありがとう、紫苑。でも、あなたは本当にこれで良かったのですか？」

咲弥が、敢えてそう訊ねたのは、無名のことが頭に浮かんだからだ。

無名は上杉の忍びを名乗り、咲弥たちに近付いた。しかし、それは偽りだった。無名の真の目的は、殺生石を使い、娘を病から救うことだった。

殺生石には、残念ながら人の命を救う力はない。

だが、命を吸い、宿主を生かし続けるその性質から、無名は殺生石を使えば、不治の病にかかった娘を救えると信じたのだ。

咲弥たちは、立ち寄った忍びの里で、その真実を知ることとなった。

欺かれていたが、咲弥にそれを恨む気持ちは微塵《みじん》もなかった。真意が何であれ、無名が命懸けで自分たちを守ってくれたという事実は変わらない。

無名がいなければ、ここまで進むことはできなかった。

ただ――紫苑はどう感じているのだろう？

はっきりと口にしたわけではないが、紫苑は無名に対して、特別な感情を抱いていたように思う。

結果として、無名の娘は助からず、旅をする意義を失った彼は、里に留《とど》まった。いや、正確には、娘を失った失意の底から立ち直ることができなかった。

咲弥たちは、そんな無名を残して、二人だけで旅を再開することにした。それが最良であると頭の中では分かっている。だが、紫苑の心がそれを受け容《い》れているのかが気になった。

「これでいいのです」

紫苑は笑みを浮かべた。

作り笑いではない。自然に出たものだった。清々しいと感じるほどだ。

今回のことで、紫苑は何かを吹っ切ったのかもしれない。

心強くはあるが、逆にそれが悲しくもあった。

これから自分たちは、いったいどれほどのものを切り捨てながら進んでいくのだろうか

——。

「私たちには、立ち止まっている時間はありません。自分たちの行いの正否は、全《すべ》てが終わったあとに、じっくりと考えればいいのです」

紫苑が力強く言った。

どうやら紫苑は、咲弥が考えるよりもずっと強い心を持っているようだ。

「そうですね」

咲弥は大きく頷《うなず》くと、再び歩き出した。

おそらく、これからも自分たちには多くの試練が待ち構えているだろう。だが、それでも前に進むしかない。

しばらく進んだところで、今度は紫苑が足を止めた。

「妙だと思いませんか？」

紫苑が、しきりに周囲に視線を走らせながら問いかけてくる。

「何が——です？」

「静かなんです」

「森の中ですから……」

ここは深い森の中だ。自分たち以外に、人の姿もない。静寂は当然のことのように思う。

しかし、紫苑は納得していなかった。

「違います。静か過ぎるのです」

「静か過ぎる？」

「ええ。先ほどから、獣や野鳥はおろか、虫の音一つしません」

紫苑が再び、鋭い視線を周囲に走らせる。

咲弥にも、紫苑の言わんとしていることが分かった。

森の中とはいえ、いや、森の中だからこそ、何かしらの気配があっても良さそうなものだ。

しかし——そうしたものが感じられない。

息を殺しながら、あたりに気を配っていると、不意にがさっと木の枝が揺れた。

と、同時に、何か黒い影のようなものが、木の枝から枝へと飛び移るのが見えた。手が異様に長く、最初は猿かと思ったが、それにしては大きい。

木々の枝の隙間から、じっとこちらの様子を窺《うかが》っているようだ。

「あれは……」

咲弥の言葉を遮るように、木の上からさっきの黒い影が落ちてきた。

跪《ひざまず》くように地面に着地したあと、ゆっくりと立ち上がる。

その姿を見て、咲弥の全身を、痺《しび》れるような恐怖が駆け巡った。

見上げるほどの身の丈に、異様に長い腕。凶暴で、残忍で、冷酷な目。この男は、武田の忍び、百足衆《むかでしゅう》の頭領――黒丸《くろまる》だ。

咲弥を追う刺客として放たれ、激戦を繰り広げた男だ。無名との闘いに敗れ、右腕を失い、一度は敗走した。

だが、こうしてまた、咲弥を――殺生石を追ってきたのだろう。

よく見ると、右腕の肘から下には、義手のようなものが取り付けられている。

「逃げましょう」

紫苑が、咲弥の手を引いて駆け出した。黒丸が相手では、到底、勝ち目がないと判断したのだろう。

咲弥は、紫苑と一緒に走り出した。

だが、相手は黒丸だ。到底、逃げ切れるものではない。

さっき、前に進むことを決意したばかりだというのに、咲弥の心は闇に閉ざされていくようだった――。

四

「ここが、矢吉たちの里――」

深い森を抜け、辿《たど》り着いたのは、家が十軒ほど並んでいる小さな集落だった。

忍びの里だという話だったが、前もって聞いていなければ、それとは気付かなかっただろう。

「そうだ」

矢吉が、ぶっきらぼうに答える。

猫背気味で、普段からへらへらと緊張感のない笑みを浮かべている矢吉にしては珍しく、何とも神妙な顔つきをしている。

「この里は、鉄壁の守りだな」

感心したように、何度も頷いたのは玄通だった。

法衣を纏《まと》い、僧侶の恰好《かっこう》をしているが、がっちりとした体格に、引き締まった顔立ちは、さながら武将のようだ。

「そうは見えないけど」

見張り台があるわけでもなく、壁や堀を設けているわけでもない。何をもって鉄壁と言っているのか、一吾には分からなかった。

「見ろ。三方を崖に囲まれている。あれは、まさに自然の城壁だ」

玄通が指で指し示す。

確かに、三方を切り立った崖に囲まれている。侵入を防ぐのには、もって来いだ。だが――。

「正面が、がら空《あ》きじゃないか」

「本気でそう言っているのか？」

玄通が問い返してきた。

「え？」

「ここに来る道は、とても複雑に入り組んでいる。そればかりか、方々に罠《わな》が仕掛けてあった。矢吉が一緒でなければ、辿り着くことはできなかったはずだ」

言われてみればそうだ。ここに来るまでの道のりは、平坦なものではなかった。

一吾たちは、矢吉のあとをただついて来たので迷わずに済んだが、そうでなければ、とっくに迷っていただろう。

それに、一吾は気付いていなかったが、罠まで仕掛けてあったというなら尚《なお》のことだ。

「忍びの隠れ里だからな」

矢吉が、うんざりしたような顔で言った。

はっきり口には出していないが、矢吉は、里に戻るのを嫌がっているようだ。それに、一吾や玄通に対して、急に余所余所《よそよそ》しくなった気もする。

「本当に、無名たちはここにいるのか？」

一吾は改めて、そのことを訊ねた。

この里に足を運んだのは、無名たちが、里に向かった――と矢吉が言ったからだ。無名がいるなら、咲弥や紫苑も一緒のはずだ。

白い獣に襲われ、吊り橋から転落して離ればなれになってしまったが、ここに無名たちがいるなら、合流できるということになる。

だから、遠回りになるにもかかわらず、こうして足を運んだのだ。

「たぶんな」

矢吉は、投げ遣《や》りな口調だった。

「そうじゃねぇ。ちゃんと無名の旦那《だんな》は、里に行くという伝言を残していたんだ」

木に突き刺してあったクナイのことだ。

「自信がないのか？」

「だったら……」

「なぜ、そんなことをしたのかが、分からねぇんだよ」

矢吉は、舌打ち混じりに言った。

長いこと待たされたときのような苛立《いらだ》ちを滲ませている。

「里に立ち寄るのが、そんなに悪いことなのか？」

これまで、休むことなく、長い旅を続けてきた。多少、遠回りになるが、那須岳に向かう前に里で疲れを癒《い》やしても、それほど不自然ではない。

「ああ。悪いね。最悪だ。ここに戻ったら、これまでのことが全部ふいになっちまう」

「それって、どういう意味だ？」

一吾が訊ねると、矢吉は、くしゃっと表情を歪めたあとに、視線を逸らした。それきり黙りこくってしまった。

一吾は、玄通と顔を見合わせる。

農村を思わせる穏やかな里ではあるが、ここには、矢吉をかたくなにする何か――があるらしい。

　このまま黙っていても、何も始まらない。一吾は、改めて矢吉に問いかけようとしたが、それを遮るように、一人の女が姿を現わした。

　歳《とし》の頃は、一吾と変わらないように見える。十四歳かそこらだろう。

　狐のように、きっと鋭い目をした女で、顔立ちからも、気の強さが滲み出ている。黒い忍び装束を身に纏っていることからして、おそらくこの女は、くノ一だろう。

「あなたも、しぶとく生きていたのね。まあ、あなたのような臆病者は、生き残ることしか考えていないでしょうけど」

　女は、一吾たちには目もくれず、矢吉に向かって吐き捨てるように言った。

「相変わらずだな。桔梗《ききょう》——」

　矢吉が、渋柿を喰ったような顔で応じる。

　どうやら、この女は桔梗という名のようだ。

「気安く名を呼ばないで下さい」

　桔梗が蔑むような視線を向けながら言った。

「ガキが偉そうに……。それより、無名の旦那はどこだ？」

「家にいます」

桔梗は、ちらりと振り返り、一番奥に位置する家に目をやった。

「そうか……」

矢吉は、ため息混じりに言うと、ゆっくりと歩き出した。

一吾は迷いながらも、矢吉のあとに続く。玄通も、この状況に困惑しているようだったが、黙って歩き出した。

「あの女は何者だ？」

一吾は、歩きながら矢吉に訊ねる。

「惚《ほ》れたか？」

「そういうんじゃない。ただ、あんまりにも敵意を剝き出しにしてるから……」

敵意という言い方をしたが、実際は、そんな生易しいものではない。矢吉を、まるで害虫のように、嫌悪しているようだった。

「あの女は、この里の忍びだ。無名の旦那の弟子みたいなもんさ」

「無名の弟子……」

「ああ。無名の旦那を心の底から尊敬している。本当は里を出るとき、桔梗も一緒に行くと騒いだんだが、無名の旦那は置いていった。だから、代わりに行ったおれを恨んでるのさ」

矢吉は、へらへらと緩《ゆる》い笑みを浮かべながら言った。

「逆恨みじゃないか」

「まあ、言わせておけばいいさ」

まるで気にしていないという風に、矢吉は歩みを進める。

その背中を追いかけながら、一吾の胸中に今さらのような疑念が生じた。

「矢吉たちは、上杉の忍びなんだよな。それなのに、どうしてこんなところに里があるんだ？」

一吾の問いが聞こえているはずなのに、矢吉は返事をすることも、立ち止まることもせず、歩いて行く。

まるで、答えることから逃げているようだ。

「なあ、矢吉……」

再び声をかけた一吾だったが、矢吉の「着いたぜ」という言葉に遮られた。

目の前には、古い家屋が建っていた。こうやって見ると、やはり忍びの里というより、どこぞの農村といった感じだ。

「無名の旦那――」

矢吉が、声をかけながら戸を開けて中に入る。

はぐらかされたようで、釈然としないが、一吾は玄通とともに、続いて中に入った。

屋内は何年も放置された廃屋のように、不気味なほど静まり返っていた。

——本当に、ここに無名がいるのか？

一吾が考えている間に、矢吉は家に上がり、奥に向かって歩いていく。どうすべきか迷っていると、玄通が「行こう」と声をかけてきた。

戸惑うばかりの一吾と違って、玄通は、これまでのやり取りの中で、すでに何かを摑《つか》んでいるようだ。

何にしても、こんなところで突っ立っていても始まらない。迷いを断ち切り、一吾は玄通と一緒に歩き出した。

「やっぱり、間に合わなかったか……」

奥の部屋にある襖《ふすま》を開けた矢吉が、しばらく放心したあとに、そう呟《つぶや》いた。

いったい、何が間に合わなかったのか？

もしかしたら、咲弥たちに何か起きたのかもしれない。そう思うと、いたたまれない気持ちになり、一吾は矢吉を押し退けるようにして、部屋の中を覗いた。

目の前の光景を見て、一吾は言葉を失った。

そこには、無名の姿があった。

背中に重石《おもし》でも背負っているかのように項垂《うなだ》れ、あぐらをかいて座っている。

無名は、強い男だった。どんな敵が現われようと、常に冷静で、これまでみなを引っ張ってきた。

しかし、目の前にいる無名に、そうした覇気は見られなかった。

無名の形をしているが、中身は空っぽ。まるで、蟬《せみ》の抜け殻のような有様だ。

虚ろで、生気のない無名の視線を辿ると、そこには、薄い布団が敷かれ、一人の少女が眠っていた。

よく見ると、眠っているわけではなかった。

少女は、死んでいる。

「どうなってんだ？」

一吾が問うと、矢吉がふうっと息を吐《つ》きながら、その場に座り、小さく首を振った。

答えるつもりがないらしい。

「無名。こんなところで、何をしてるんだ？　咲弥は？　紫苑は？」

一吾は、今度は無名に問いかける。

だが、無名は答えるどころか、顔を向けることすらしなかった。仏像にでもなってしまったかのようだ。

「どういうことだよ！　答えてくれよ！」

一吾は、無名の肩を揺さぶったが、まるで反応がない。生きているのか、疑いたくなるほどだ。

——どうなってるんだ?

「そこで死んでいるのは、無名様の娘です」

一吾の内心の声に答えるように声がした。

振り返ると、いつの間にか、一吾たちのすぐ後ろに桔梗が立っていた。

「む、娘……」

一吾は、唖然《あぜん》とするより他なかった。

無名に娘がいるなど、初耳だった。共に闘ってきた仲間ではあるが、そういったことは、まるで知らなかった。

それもそうだ。一吾は、無名の身上のことなど訊きもしなかったのだ。

「そう。無名様の娘は、重い病にかかっていた。無名様は、娘を救いたい一心で、あらゆる手を尽くしたが、駄目だった」

桔梗が、力なく首を振る。

「…………」

「そんなとき、殺生石の噂《うわさ》を聞いた。人の命を奪い、宿主を生き長らえさせる、魔性の石がある――と」

「も、もしかして……」

「そう。無名様は、娘の病を治す為に、殺生石を手に入れようと里を飛び出した。そして、あなたたちに近づいた――」

　桔梗の話に、一吾は強い衝撃を受けた。

　――嘘《うそ》だ！

　そう叫びたかったが、できなかった。

　桔梗の話は辻褄が合う。過酷な旅の中で、うやむやになってしまっていたが、紫苑などは、最初は無名を疑ってかかっていたのだ。

　話を聞いている矢吉が、口を閉ざしているのも、桔梗の話が真実であるという証拠なのだろう。

　何より、今、目の前の無名の有り様が、現実となって一吾に押し寄せてくる。

「本当なのか？」

　一吾は、絞り出すようにして言った。

「ああ。本当だ」

　答えたのは、矢吉だった。

これまで、ずっと欺かれていたということか。我を失うほどの怒りに駆られるかと思ったが、一吾の胸に去来したのは、別の感覚だった。

身体の一部を失ったかのような、痛みを伴う喪失感――。

「おれたちは、ずっとお前たちを欺いてきた。恨むなら、恨んでくれて構わない」

矢吉はそう言って項垂れた。

一吾は矢吉を睨《にら》んでみた。しかし、どうしても、怒りは湧いてこないし、恨む気持ちが芽生えることもなかった。

悲壮な空気を吹き飛ばすように、笑い声が響いた。

玄通だった――。

「お主たちを、恨むことなどせんよ」

玄通が、声高らかに言う。

矢吉は困惑した表情で玄通を見る。一吾も、訳が分からず玄通に目を向けた。

「わしは、無名と矢吉をずっと見てきた。きっかけが何であれ、お主たちは、命懸けで武田の刺客と闘った。その事実は変えようがない。一吾が、弧月《こげつ》に取り込まれたときも、最後まで諦めずに抗ったのは、矢吉ではないか」

――その通りだ。

玄通の言葉に一吾は強く頷き、自らの胸に手を当てた。

勘助が放った妖魔、弧月が身体の中に入り、一吾は一時、正気を失い、獣になりかけた。それを必死で救おうとしてくれたのは、他ならない矢吉だ。

無名にしてもそうだ。

真蔵が死に、前に進む気力を失っていた一吾に、手を差し伸べ、ここまで引っ張ってきてくれたのは、誰あろう無名だ。

無名も矢吉も、これまで数多の危機を迎えながら、必死に闘い続けてくれた。

娘の病を治す為に、殺生石を欲していた。それが当初の目的だったかもしれないが、それだけではないはずだ。

ただ、殺生石が欲しいだけなら、一吾に手を差し伸べる必要もないし、命懸けで守ろうとすることもなかったはずだ。

だから――。

「そうだな……」

一吾は、ぎゅっと拳《こぶし》を強く握りながら言った。

騙《だま》されていたことは悔しい。だが、無名たちは、殺生石を手に入れる為に、咲弥を殺そうとしたわけではない。まして、勘助のように、この世を煉獄にしようとしているわけでもない。

ただ、大切な者を救いたかったのだ。

「それで、咲弥たちはどこにいるんだ？」

一吾は無名の背中に向かって問う。

しかし、相変わらず無名は何も答えない。岩のように固まっている。

「殺生石の女は、もうここを発った」

桔梗が答える。

その声には、お前たちも、さっさと出て行け——という想《おも》いが含まれていた。

咲弥が、もう那須岳に向かったのであれば、自分たちもすぐに追いかけなければならない。

「行こう」

玄通の言葉に、一吾は大きく頷いた。

五

「どうするつもりです？」

矢吉は、無名に向かって呼びかけた。

娘である香凛《かりん》の亡骸《なきがら》を見つめたまま、無名は口を噤《つぐ》んでいた。

これはもはや、無名ではないのだろう。無名の形をしていても、その心は死に、別の何かになってしまった。

無名にとって、香凜は全てだった。何ものにも代え難いものを失ったのだ。こうなるのは必然と言っていい。

「何を言っても無駄よ」

口を挟んだのは、桔梗だった。

桔梗が、幼い頃から無名を慕い続けていることは知っている。

そんな桔梗からしてみれば、武田の軍勢を敵に回すような、危険な旅に出ずに、こうして哀しみに暮れている方が望ましいはずだ。

たとえ自分の想いが届かずとも、死んでしまうよりはましだと思っているのだろう。

――このままの方がいいのかもしれない。

矢吉の脳裏にも、そんな考えが過《よぎ》った。

殺生石を巡る旅は、本当に困難を極めた。敵は武田の軍勢だけではない。妖魔まで相手にしたのだ。

生きて里に戻ることができたのは、まさに奇跡と言っていい。

危なくなったら、逃げることを信条にしている矢吉だ。旅が終わって、せいせいしているところもある。

それでも、なぜか心が受け容れない。

「本当に、あんたはこれでいいのか？」

矢吉は桔梗を無視して、もう一度無名に問う。

しかし――返事はなかった。

何だか、無名の方が亡骸になってしまったみたいだ。

「あなたは、何を言っているの？　もう終わったのよ」

桔梗が、棘《とげ》のある口調で言いながら、矢吉を睨み付けてくる。

「お前には言ってねぇ」

「無名様には、もう旅に出る理由がない」

「そんなことは分かってる」

――そう。分かってはいる。

矢吉は、もう一度内心で呟いた。

一吾や玄通も、無名の今の感情を理解した。だから、無名を責めることなく、旅立って行った。おそらく、先に到着した咲弥や紫苑も同じだったのだろう。

が、矢吉はどうしても、今の無名の姿を受け容れることができなかった。

——無名とは、こんな男だったか？

「分かっているなら、もうそっとしておいて」

「そうはいかねぇ」

「どうして？」

「どうしても——だ」

「あなたは何がしたいの？　香凜様が死んだ今、もう殺生石を追う理由はどこにもないはずでしょ」

「黙れって言ってんだろ！」

矢吉は、桔梗を一喝した。

桔梗は呆然と矢吉を見つめた。まさか、矢吉がこうも激昂するとは、思ってもみなかったのだろう。矢吉自身、自分がこれほどまでに感情を荒らげるとは、驚きだった。

だが、これが矢吉の本心なのだろう。

そもそも、今回の殺生石を巡る旅は、香凜の命を救いたいという、無名の個人的な感情から始まった。

矢吉が、無名と一緒に旅に出たのは、単に面白そうだから——という軽い気持ちからだった。危なくなったら、いつものように逃げればいいと思っていた。

だが、旅を続け、一吾たちに出会い、矢吉の中で何かが変わっていった。

うまく言葉にできないが、旅の中で、これまでにない感情が芽生え、信条であったはずの逃げることを忘れた。

もちろん、苦難の連続ではあったが、それでも、そこに生きているという実感を得た。

それは、おそらくこれまでの矢吉に欠けていたものだ。

変わったのは、矢吉だけではない。無名も同じだったはずだ。

当初の目的はどうあれ、一吾たちと旅を共にする中で、何かを感じていたはずだ。

ここで立ち止まることは、自分自身を否定することのように思えた。

「なあ。無名の旦那。あんたは、このままでいいのか？」

矢吉は、もう一度問う。

今度は無名が反応した。ゆっくりと、虚ろな目を矢吉に向ける。

「その男なら、もう死んだ——」

それが無名の答えだった。

光のない目を見て、力のない声を聞いて、矢吉は悟った。今、無名自身が口にしたように、矢吉の知っている無名は、もう死んだのだろう。

あれほど、強かった無名が、今は虫けらのように見えた。

今なら、矢吉でも簡単に無名を殺すことができるだろう。こんな状態のまま生きていくくらいなら、いっそひと思いに殺してやった方が、無名の為なのではないかとすら思えた。

だが、矢吉はそれを実行に移すことはなかった。

「分かったよ」

矢吉は、舌打ちをすると、無名に背中を向けた。

決別だ――。

矢吉が、部屋を出て行こうとすると、桔梗に呼び止められた。

「何をするつもり？」

そう問いかけた桔梗の目は、不安で揺れていた。

もしかしたら、さっき一瞬だけ無名に向けた殺意を、めざとく感じ取ったのかもしれない。

「為すべきことをするまでよ」

矢吉は吐き捨てるように言うと、そのまま無名の家を後にした――。

六

紫苑は咲弥の手を引き、必死に走った――。

しかし、足場の悪い山の中では、思うように速く走ることができない。このままでは、すぐに追いつかれてしまう。

紫苑は、さっと振り返る。

木の枝から枝に飛び移りながら、黒丸の影が迫ってくる。

一度、対峙《たいじ》しているので、黒丸の恐ろしさは嫌というほどに分かっている。長い手足を活かした変幻自在の攻撃は、猛毒を持った蛇のようだ。

おまけに、この上なく残忍で冷酷。敵に情をかけるような男ではない。少しでも隙を見せれば、たちまち餌食になるだろう。

そんな男から、このまま逃げ続けられるとは、到底思えなかった。

近いうちに追いつかれ、紫苑は八つ裂きにされるだろう。そうして、咲弥は勘助の許《もと》に連れ去られることになる。

自分のことはいい。だが、せめて咲弥だけでも守らなければ——。

紫苑の脳裏に、無名の顔が浮かぶ。

無名がいてくれたなら、黒丸を撃退することもできるだろう。だが、いくらそれを望んだところで、無名は来ない。

ここは自分一人で何とかしなければならない。

旅に出たときは、それが当たり前だった。だが、いつの間にか、危機が訪れる度《たび》に、無名の姿を捜し、彼が来てくれることを期待するようになっていた。

それは、紫苑の弱さだろう。だから、これからは強くならなければならない。紫苑は、頭の中から無名を追い払った。

今は、必死に逃げるしかない。

考えに捉われていたことで、足許がおろそかになった。

地面に張り出した木の根に足を取られ、咲弥もろとも転倒してしまった。それだけではなく、目の前にあった急斜面をごろごろと転げ落ちることになった。

止まろうと必死に足搔いてみたが、駄目だった。

何とか咲弥だけは守らなければ。無我夢中で、咲弥の身体を抱え込んだ。

何度か頭を打ち、回転する視界の中で、意識を失った。

「うっ……」

どれくらい時が経ったのだろう。

紫苑は、節々に走る痛みで覚醒した。

「大丈夫ですか？」

ぼやけた視界の中、咲弥の顔が見えた。

どうやら、咲弥は無事だったらしい。

紫苑は、痛みを堪《こら》えながら身体を起こす。

すぐ近くに川が流れている。流れが激しい。おそらく、吊り橋がかかっていたあの川の源流だろう。

「黒丸――」

紫苑は、はっと思い立ち、周囲に視線を走らせる。

自分たちが転げ落ちた斜面の方に、注意を払ってみたが、追ってくる様子はなかった。

斜面を転げ落ちたことで、思いがけず逃げおおせることができたようだ。まさに、不幸中の幸いというやつだ。

「血が出ています」

ほっと胸を撫《な》で下ろしたところで、咲弥が声をかけてくる。

見ると、右肘のあたりに、血が滲んでいた。

「これくらい平気です」

強がってみたが、痛みで顔をしかめてしまった。

咲弥は、小走りで川に行き、手拭いを濡らして戻ってくると、それを紫苑の傷口にあてが

「咲弥様――」

った。

　一瞬、染みるような痛みが走ったが、しばらくすると和らいできた。

「ありがとうございます」

　紫苑が言うと、咲弥が「礼など――」と、首を左右に振った。

　ほっと息を吐いた紫苑だったが、いつまでもここに留まっているわけにはいかない。

　黒丸とて、ただじっとしているはずもない。きっと今頃、必死に咲弥を捜していることだろう。

「行きましょう」

　紫苑が口にすると、咲弥は力強く頷いた。

　――本当に強くなった。

　しみじみと、そう感じる。旅に出たときは、紫苑が一方的に咲弥を守るつもりでいたが、いつの間にか、その強さに助けられるようになっていた。

　過酷な旅の中で、悲嘆に暮れてばかりの咲弥が、前に進む力を身につけた。そうなったのには、一吾の存在が大きいだろう。

　彼に後押しされて、咲弥は絶望の中に希望の光を見出《みいだ》したのだ。

　だが、その一吾たちも、吊り橋から転落して離ればなれになってしまい、今に至るも消息不明のままだ。

旅に出たときのように、二人きりになってしまった。心細くはあるが、それでも進まなければならない。

紫苑は咲弥の手を取り、歩き出そうとした――。

が、そのとき、後方にある森の枝葉が、ガサガサと揺れた。

――何か来る。

紫苑は足を止めて振り返り、金剛杖《こんごうづえ》を構える。

その途端、音が止《や》んだ。

しかし、油断はできない。森の向こうには、確かに何者かの気配がある。それも、隠すことのない、剥き出しにされた殺気だ。

――やはり黒丸が追ってきたか。

「出て来い！」

紫苑は、金剛杖をぎゅっと握りながら声を上げる。

森の中から、一人の男が姿を現わした。甲冑《かっちゅう》を纏った、大柄な男だった。

黒丸でなかったことに、ほっとしたが、気を許してはいけない。こんな森の中を、甲冑を着けた男が、歩き回っていること自体、おかしいのだ。

「何者だ？」

紫苑が問うと、甲冑の男はにいっと不敵な笑みを浮かべる。

「笠原家の姫、咲弥様と、その従者である紫苑殿とお見受けするが、いかがか？」

甲冑の男は、こちらの問いに答えることなく口にした。

紫苑の中に緊張が走る。

この男は、なぜ咲弥と紫苑のことを知っているのか？　考えられることは、一つしかなかった。

すぐに返事をしない紫苑を見て、甲冑の男は、同意と捉えたようで、大きく頷いた。

「拙者は、武田の家臣、小山田信有と申す――」

甲冑の男が、そう宣言した。

――やはり、武田の追手だった。

体格からして、かなりの豪傑のようだが、黒丸などを相手にするより、こうした武人の方が、まだ勝算がある。

うまく立ち合えば、何とかできるかもしれない。

そんな紫苑の目論見を見透かしてか、小山田は腰の太刀《たち》を抜き、「出合え――」とかけ声を上げた。

森の中から、ぞろぞろと甲冑を着けた男たちが這《は》い出てくる。

十人ほどはいる。あっという間に、紫苑と咲弥は、取り囲まれてしまった。

「紫苑……」

咲弥が、不安げな声を上げた。

多勢に囲まれただけならまだしも、よく見ると、小山田以外の男たちは、異様な風体をしていた。

口は耳まで裂け、鋭い牙が覗いている。目は吊り上がっていて、白目の部分は真っ赤に染まっている。

甲冑から覗く肌は、泥のような色をしていて、あちこち傷だらけだ。涎《よだれ》を滴《したた》らせ、猪《いのしし》のように鼻を鳴らしながら、荒い息をしている。

何より、男たちから漂う臭いに、紫苑は顔をしかめた。肉が腐ったような、嫌な臭いがする。

あれは、人ではない。おそらくは、妖魔の類いだろう。

「勘助様の命により、殺生石を頂く」

小山田が、太刀を肩に担ぎ、勝ち誇った口調で言う。

後退《あとずさ》ってはみたものの、退路などとっくに塞がれている。かくなる上は、やるしかない！

覚悟を決めた紫苑だったが、心の中は失意に沈んでいた。

この人数が相手では、勝つ見込みはまるでない。咲弥だけでも——と思うが、それもままならないだろう。

「かかれ！」

小山田の合図で、甲冑の男たちが、一斉に襲いかかってきた——。

七

「お主は、あれで良かったのか？」

玄通は、深い森の中を進みながら、隣を歩く一吾に声をかけた。

忍びの里で再会した無名は、まるで抜け殻のようになっていた。

無名が、もうかつての無名でないことを悟り、玄通は彼を残して旅を続けるという選択をした。

正直、武田の追撃からここまで逃げ延びてこられたのは、無名の働きによるところが大きい。

その無名がいなくなるのは、大きな痛手だ。

しかし、今の無名を無理矢理旅に同行させたところで、これまでのような働きは期待できない。

無名には、もう殺生石を巡る旅に加わる理由がないのだ。

おそらく、一吾もそのことは分かっている。

だから、無名を無理矢理連れて来るようなことはせず、こうやって玄通と一緒に、先に行った咲弥たちを追っている。

それが分かっていながら、玄通が敢えて訊ねたのは、一吾の本音を聞きたかったからだ。

一吾にとって、無名は師のような存在だったはずだ。

闘い方だけでなく、常に道を示し、ここまで一吾を導いてきた。

それが証拠に、育ての親を失い、気力を失っていた一吾を、もう一度奮い立たせたのは、他ならぬ無名だった。

だからこそ、一吾の胸中が気にかかった。

一吾は、ぴたりと足を止め、枝の隙間から覗く空を見上げた。

「あれでいい」

一吾の声は、不思議と晴々としているようにすら感じられた。

それ故に、余計に気がかりになる。

「それは、本心か？」

玄通が訊ねると、一吾はふっと笑みを浮かべた。

「もちろんだ」

どうやら、本当に吹っ切れているらしい。

「強くなったな」

「そういうんじゃない」

一吾は、頭を振る。

「どういうことだ？」

「無名は、大丈夫だ」

「何が、大丈夫なんだ？」

「だからさ、無名は、もう一度立ち上がる」

「ほう」

玄通は、思わず声を上げた。

そうか。そう思うことで、自分の心を納得させたのか。だがそれは、根拠のない願望に過ぎない。

ああなってしまっては、無名がもう一度立ち上がることなど、あり得ない。

「あんたが、どう思ってるかは知らないけど、無名は、絶対にこのまま終わるような男じゃない」

玄通の心を見透かしたかのように、一吾が力強く言った。

「しかしな……」

気持ちは分かるが、現実というのは、そんなに甘くない。

想いだけでは、どうにもならないことが、世の中にはたくさんある。一吾は、まだ子どもだ。だから、そのことが分かっていないのだ。

叶《かな》わぬ願望を抱いたまま旅を続ければ、やがては失意の中で命を落とすことにもなりかねない。

「言いたいことは分かる。だけど、それでも、おれは信じる」

一吾が、木漏れ日に目を細める。

「信じるほどに、裏切られたときの落胆は大きいぞ」

世の中というのは、そういうものだ。

「分かってる。だけど、信じなきゃ、前に進めないだろ」

「………」

「無名のことだけじゃない。咲弥のことも、おれは信じている。そうじゃなきゃ、武田の軍勢を敵に回して、旅をしようなんて思わない。あんたは、信じてないのか？」

一吾の言いように、玄通は思わず笑ってしまった。

己の心の弱さを、抉《えぐ》られたような気がした。

一吾のことを気遣ったつもりだったが、本当は玄通自身が迷っていたのかもしれない。そのせいで、いつの間にか、悲観的なことばかり考えるようになっていた。

だが、それでは、何かを成し遂げることはできない。

信じる者にこそ、道は拓《ひら》ける。

人はいつの間にか、そういう純粋な気持ちを忘れていく。思い通りにならない現実を目の当たりにして、諦めることが常となっていく。

一吾が、素直に希望を口にできるのは、自らの現実を見ていないからではない。

山本勘助の放つ妖魔と命懸けで闘い、育ての親を失い、おまけに一吾自身の身体には、妖魔が巣食っていて、いつ獣になるとも分からない。

そんな状態にありながらも尚、一吾は「それでも――」と信じ続けているのだ。

「やはり強くなったな」

玄通は独り言のように呟いた。

一吾の耳には届いていなかったらしく、「ん？」と首を傾げる。

「お主は、それでいい。これから何があろうとも、前を向き、進み続けろ」

玄通は、力を込めて言った。

「何だよ。急に」

一吾が怪訝《けげん》な表情を浮かべる。

分からなくてもいい。今の言葉は、玄通の覚悟のようなものだ。

これからの世を担っていくのは、一吾のような若者だ。殺生石を監視するのが、僧侶としての玄通の役目だが、それとは別に、人の役割として、何としても一吾を守ろう。

「こんなところで、もたもたしていていいのか？」

急に上から声が降ってきた。

玄通は、思わず身構えながら頭上に目をやる。

木の枝に、黒い影が見えた。それを見て心底驚いた。

「矢吉！」

一吾が声を上げると、矢吉が音もなく木の上から舞い降りた。

「どうした、辛気《しんき》くさい顔して。お姫様を追いかけるんじゃねぇのか？」

半ば呆然としている玄通と一吾に向かって、矢吉がいつもの緩い笑みを浮かべながら言った。

　玄通は、つられて笑みを零した。

　この過酷な旅の中で、こんな風に笑うのは、初めてのことかもしれない。

　一吾も、嬉《うれ》しそうに「おう！」と声を上げる。

「こっちだ――」

　矢吉は、そう言うなり駆け出した。

　そのあとに、一吾が続く。

　どうやら、一吾を守るというのは、自分だけの役割ではないらしい。

　知らず知らずのうちに、人を巻き込み、惹《ひ》き付けていく。それが、一吾の魅力なのかもしれない。

　玄通は、二人の背中を追いかけながら、これまでになかった希望を抱いていた。

八

「どうして、一緒に行く気になったんだ？」

　一吾は、前を走る矢吉に向かって訊ねた。

　てっきり、矢吉は無名と一緒に、里に残るものだとばかり思っていた。無名が旅を止めた今、矢吉が動く理由もないはずだ。

「何だ？　お前らと一緒に行くのには、理由が必要なのか？」

矢吉がちらりと振り返り、茶化すように言った。

「別に、そうじゃねぇけど……」

「何だよ。まるで、おれがいちゃいけねぇみたいじゃねぇか」

「そんなこと言ってないだろ！」

矢吉が来てくれたのは、本当に嬉しい。

旅はこれから、さらに厳しいものになっていくだろう。そんな中、腕の立つ矢吉がいてくれるのは何よりだ。

もちろん、腕だけじゃない。矢吉のような男がいてくれるだけで、苦しいときに、だいぶ気持ちが紛れる。

旅を始めた当初は、矢吉のいい加減な態度に、ずいぶんと腹を立てたが、今は逆に心強くもある。

ただ、一吾には分からなかった。

殺生石を巡る旅は、あまりに無謀で、命を捨てに行くようなものだ。

危うくなったら逃げることを信条としている矢吉が、どうして、そんな旅に自ら加わろうと思ったのか——。

「そうムキになるな。強いて言うなら、面白そうだからだな」

矢吉が、軽い口調で言った。

「面白いって、死ぬかもしれないんだぞ」

「危なくなったら、逃げるさ。お前が心配するこっちゃねぇ」

矢吉の言葉は、本気なのか、そうでないのか、一吾には判断することができなかった。

「本当に、それでいいのか？」

「いいから、ここにいるんだろうが」

「まあ、そうだけど……」

「何をそんなに難しく考えている。お前らしくもねぇ」

「おれらしく？」

「そうさ。お前はこれまで、後先考えずに、ただ感情の赴くままに突っ走って来たんだろうが」

「何だよそれ」

「事実だろ。勝手に、仲間意識を持って、どんどん前に進んで行っちまう。見ていて、危なっかしくて仕方ねぇんだよ」

「莫迦にしてんのか？」

「今更、気付いたか」

矢吉が、声を上げて笑った。

からかわれたことに、少しだけ腹は立ったが、怒る気にはなれなかった。

矢吉の言う通り、細かいことをあれこれ考えるのは止めよう。矢吉が、一緒に来てくれる。

ただそのことを、心から喜べばいいのだ。

「ありがとう」

一吾が礼を言うと、矢吉がふんっと鼻を鳴らした。

「気持ちの悪いこと言うんじゃねぇ」

「おれは、本気で……」

一吾の言葉を遮るように、矢吉が「待て！」と声をかけて足を止めた。

「何かあったのか？」

あとから追いついてきた玄通が訊ねると、矢吉は「しっ――」と、口の前に人差し指を立てた。

じっと息を殺し、気配を探るような素振りを見せたあと、くんくんと臭いを嗅《か》いだ。

一吾には、何も感じられない。

だが、鼻のいい矢吉は、何かを察しているらしかった。

「こいつは、まずいぞ」

矢吉が呟くように言う。

「どうした？」

「この先に、お姫様の臭いを見つけた」

「本当か！」

一吾は、飛び上がるようにして声を上げた。

矢吉が臭いを嗅ぎ付けたのであれば、咲弥に追いつくまで、あと少しのはずだ。

「ただ……それ以外に、嫌な臭いも混じっている」

矢吉が、鼻を擦りながら言う。

「嫌な臭い？」

「ああ。人間のものじゃねぇ。こいつは、妖魔のものだ」

つまり、咲弥の近くに妖魔と思《おぼ》しき連中がいるということなのだろう。

「急ごう！」

駆け出そうとした一吾の腕を、矢吉が摑んだ。

「待て。話は最後まで聞け」

けに行かなければならない。

「何だよ」

苛立ちとともに答える。

今は、悠長に喋《しゃべ》っているときではない。咲弥たちが、危険に晒《さら》されているのであれば、助けに行かなければならない。

「妖魔だけじゃねぇ。こりゃ、あの男の臭いだ」

「あの男？」

「百足衆の頭領——黒丸だ」

矢吉の口から告げられたその名を聞き、一吾の背筋がすっと冷たくなった。

黒丸とは、一度やり合っている。そのときは正直、手も足も出なかった。無名が加勢にこなければ、とっくに死んでいただろう。

黒丸の恐ろしさは、強さだけではない。相手が誰であろうと容赦がない。その上、残忍だ。

「無名の旦那抜きで、あの男とやり合うのは、分が悪いぜ」

矢吉が、ため息混じりに言った。

矢吉の言う通り、かなり分が悪いだろう。だが、だからといって、ここに立ち止まっているわけにはいかない。

「それでも、おれは行く」

一吾が力強く言うと、矢吉は「やれやれ」とため息を吐きながらも「こっちだ――」と、先陣を切って駆け出した。

かつての矢吉なら、間違いなく逃げていただろう。

何が矢吉を変えたのかは分からないが、一吾は、その背中を頼もしく感じながら、あとを追って駆け出した。

九

咲弥たちは、あっという間に、甲冑を纏った十人の男たちに囲まれてしまった。

しかも、彼らは人ではない。

目は赤く染まっていて、口は大きく裂け、狼のように鋭い牙が覗いていた。

咲弥には、彼らが死人の群れのように思えた。

おそらくは、武田の軍師、山本勘助によって生み出された妖魔なのだろう。

「かかれ！」

そう声を上げたのは、小山田信有と名乗った、武田の武将だ。

彼だけは、他の者たちとは異なり、人らしかった。

甲冑を纏った十人の妖魔が、各々に刀を抜き、一斉に襲いかかってきた。

紫苑が、咲弥の盾になるように、金剛杖を構えた。

甲冑を着けた妖魔たちの攻撃は、まるで統制が取れていなかった。

我先に──と襲いかかるあまり、お互いに身体をぶつけ、転倒したり、進路を邪魔する仲間に嚙みついたりする始末だ。

食べ物に飛びつく、猿の群れに似ている。

知性がなく、ただ己の欲を満たそうとしているようだ。

何人かが、紫苑に斬《き》りかかってきたものの、その刀も、ただ振り回しているだけといった感じだ。

このような相手であれば、何人いようとも、紫苑の敵ではない。

紫苑は、力強く金剛杖を振るい、次々と妖魔たちの攻撃を凌《しの》いでいく。

思うように獲物に喰らいつくことができず、苛立ちを募らせたのか、お互いに取っ組み合いの喧嘩《けんか》をする者たちまで現われた。

「今のうちに、逃げましょう」

紫苑が、咲弥の手を取った。

咲弥が大きく頷き、駆け出そうとしたところで、獣の咆哮が、空気を切り裂いた。

甲冑を着けた妖魔たちの中に、一際大きな身体をした者がいた。その妖魔が、渾身の力を込めて、もう一度吼える。

その途端、他の妖魔たちの動きが、ぴたりと止まった。

彼らを率いていたはずの小山田でさえ、驚きを隠せないほどの、凄まじい咆哮だった。

そもそも、小山田が彼らを率いていたと思っていたが、そうではないのかもしれない。小山田はただの飾りで、実際の妖魔たちの首領は、一際身体の大きなこの一体なのだろう。

「まずいですね――」

紫苑が、苦々しい口調で言った。

咲弥も同じことを感じていた。統制が取れず、好き勝手に暴れているうちは、いくらでも対処のしようがある。

だが、さっきの咆哮で、妖魔たちは失われていた秩序を取り戻してしまった。

それが証拠に、妖魔の目に、はっきりとした意志の光が浮かんだ。

首領と思しき妖魔が、「ぐおぉ」と唸ると、妖魔たちは咲弥と紫苑を取り囲むように陣容を組んだ。

餌を欲し、我先にと暴れていたさっきまでとは、明らかに違う。

狩りをする獣になっている。

こうなっては、簡単に逃げることはできないだろう。妖魔たちを撃退するか、あるいはここで死ぬか――だ。

「私が、何とか隙を作ります。咲弥様は、お逃げ下さい」

紫苑が囁《ささや》くように言った。

死ぬ気だ――それが、ありありと伝わってくる。

「嫌です」

咲弥は、頑として拒否すると、懐から小刀を取り出し、鞘《さや》から引き抜いた。

自分が小刀を振り回したところで、紫苑の手助けになるとは思えないが、それでも、何もしないよりはいい。

もう、誰かの犠牲の上に立つのは嫌だ。

咲弥の脳裏に、ふっと一吾の顔が浮かんだ。

――一吾は、無事でいるだろうか？

一吾、玄通、矢吉の三人は、白い獣もろとも、吊り橋から転落してしまった。咲弥は、その安否が確認できないまま、ここまで旅を続けてきた。

あのとき、旅を続けることを咲弥は選んだが、気持ちが整理できていたわけではない。身を引き裂かれるような想いで、ここまで歩んで来たのだ。

その上、紫苑まで失うようなことがあれば、咲弥は到底、耐えられないだろう。

「駄目です。逃げて下さい」

紫苑が焦れた調子で言う。

「この状況では、逃げられません。二人で、道を切り開きましょう」

咲弥は、力を込めて口にした。

半分は強がりだ。だが、もう半分は、本心でもあった。

置き去りにしてしまった一吾たちの為にも、ここで朽ちるわけにはいかない。その強い想いが、咲弥を支えていた。

――一吾。力を貸して下さい。

咲弥は心の底で念じながら、小刀を構えた。

首領の妖魔が、天に向かって吼えた。

それを合図に正面にいた妖魔が、刀を振り上げて襲いかかってくる。

紫苑が、金剛杖を使ってその攻撃を凌ぐ。

と、今度は、右の側面にいた別の妖魔が、地を這うようにしながら、もの凄《すご》い勢いで突進してきた。

咲弥は、何とかそれを食い止めようとしたが、簡単に弾き飛ばされてしまった。

地面を転がり、身体のあちこちを打ち付けた。

痛みを堪えながら、何とか起き上がろうとしたが、遅かった。甲冑の妖魔に、喉元を摑まれ、そのまま持ち上げられてしまう。

「咲弥様！」

紫苑が、叫びながら加勢しようとするが、その左右から二匹の妖魔が、同時に襲いかかってきた。

紫苑は、三匹の妖魔に休む間もなく攻撃され、それを凌ぐだけで手一杯で、動くことができなかった。

このままでは、やがては紫苑も力尽きてしまうだろう。

何とかしたいが、この状況では、どうすることもできなかった。あまりに非力な自分を呪うより他になかった。

――これで終わりなの？

咲弥がそう思ったとき、黒い影のようなものが、上空から舞い降りた。

――あれは何？

そう思った矢先、咲弥の喉元を摑んでいた妖魔の首が飛んだ。

頭をなくしたその妖魔は、首の切断面から墨《すみ》のようにどす黒い血を撒き散らしながら、ばたりと地面に倒れた。

咲弥も、妖魔と一緒に地面に倒れ込んだ。

——何があったの？

困惑しながらも、顔を上げた咲弥は、信じられないものを目の当たりにした。

十

「なっ！」

紫苑は、驚きのあまり声を上げた。

咲弥が甲冑を着けた妖魔たちに捕まり、防戦一方の紫苑が、もはやこれまでか——そう思ったとき、何かが咲弥を襲う妖魔の背後に降り立った。

それは人だった。

その人物は、忍び刀を抜くなり、妖魔の首を刎《は》ねた。

首から吹き上がるどす黒い血を浴びながら立つ人物を目にして、紫苑は放心した。

黒い忍び装束を纏い、手足が異様に長く、蛇のように冷たい目をした男。

——黒丸。

武田の百足衆の頭領で、幾度となく、咲弥の殺生石を狙ってきた男だ。

放心しているのは、紫苑だけではなかった。咲弥も、驚愕の表情を浮かべながら黒丸を見ている。

襲撃してきた妖魔と、小山田も啞然としている。

この反応――。

黒丸の登場は、小山田や妖魔にとっても、想定していなかったということか？

「お前は黒丸！　何故、我らの邪魔立てをする！」

小山田が声を荒らげた。

やはり、黒丸がここにいることを、知らなかったとみえる。

――どういうことだ？

紫苑は混乱の渦中から抜け出せずにいた。

黒丸は、武田の命により、咲弥の殺生石を追っていた。それは、小山田が率いる妖魔たちも同じだろう。

にもかかわらず、小山田たちは黒丸が、なぜここにいるのか知らない。

単に、情報が行き届いていなかっただけとも考えられるが、だとしたら、なぜ黒丸は妖魔の首を刎ねたのだ？

「忍びが、そう易々と理由を明かすとでも？」

黒丸はそう言うと、蛇のように長い舌で、唇を舐《な》めた。

「もしや、穴山が寝返ったか……」

小山田が、苦虫を嚙み潰したような顔をする。

穴山とは武田の軍師、穴山信友のことだろう。知将として知られる人物で、志賀城攻めにも参加していたはずだ。

小山田の言いようから察するに、武田も一枚岩ではないらしい。内部で何かしらの諍《いさか》いがあったのだろう。その結果として、黒丸は今、ここに立っている。

何にしても、この機を逃すわけにはいかない。紫苑は、素早く咲弥の許に駆け寄り、彼女の手を引いて、妖魔たちとも、黒丸とも距離を取った。

このまま、仲間割れをしてくれるなら、逃げる隙も生まれるというものだ。

「構わん。まずは、あの男から血祭りに上げろ」

小山田が声を上げる。

首領と思しき妖魔が、先陣を切って黒丸に襲いかかった。

黒丸は、素早い動きで、妖魔が振り回す刀を躱《かわ》すと、棒手裏剣《ぼうしゆりけん》を投げつける。

五本投げた棒手裏剣の全てが、妖魔の着けている甲冑を貫き、その身体に突き刺さった。

が、妖魔はものともせず、刀を振り回し続ける。

身体に五本もの棒手裏剣を打ち込まれながら、勢いが衰えないとは――やはり、この者たちは人ではない。

さすがの黒丸も防戦一方だ。

このままでは不利だと感じたのか、近くにある木の枝に飛び乗った。

「その棒手裏剣には、毒が塗ってあるのだがな。効かぬか――」

黒丸が舌舐めずりをする。

共倒れになることを望む部分もあったが、それは難しそうだ。人数の上でも、小山田率いる妖魔たちの方が、圧倒的に優位だ。

妖魔の首領は、木の幹まで近付いたものの、登ることはできないらしく、黒丸を見上げる。

「何をしている。さっさとやってしまえ」

小山田が、焦れたように声を上げる。

妖魔が、ぐおぉぉ――と大きく唸り声を上げると、鎧《よろい》の上からも、その筋肉が異様に隆起したのが分かった。

何かを仕掛ける気だ。紫苑が、そう思うやいなや、妖魔は木の幹に向かって体当たりをした。

凄まじい衝撃とともに、樹齢百年は超えているであろう大木の幹が、砕け散った。バキバキとけたたましい音を響かせながら、大木がゆっくりと倒れた。

――何ということだ。

紫苑が相手にしていたのは、所詮《しょせん》は雑魚《ざこ》だったようだ。首領の妖魔一人で、他の者など足許にも及ばない、強大な力を持っている。

あまりのことに驚愕していたが、ふと妙なことに気付いた。

木の枝に乗っていたはずの、黒丸の姿が、どこにも見当たらないのだ。

――どこだ？

黒丸の姿を見失ったのは、紫苑だけではなかった。妖魔も、鼻息を荒くしながら、辺りを見回している。

逃げたのか――そう思った瞬間、上空から黒い影が降ってきた。

黒丸だ。

落下しながら、忍び刀を妖魔の首領の背中に突き立てた。

刀が、妖魔の身体を貫く。

あの位置には心臓がある。あれでは、いくら妖魔とはいえ、ひとたまりもないだろう。

妖魔が、ごほっと咳《せき》をしながら、どす黒い血を口から吐き出した。

あれだけの力を持った妖魔を倒してしまうとは――やはり、恐るべきは黒丸なのかもしれない。

そう思ったのは、ほんの一瞬だった。

妖魔は、身体を大きく揺さぶり、背中に乗った黒丸を振るい落とした。

黒丸は地面をごろごろと転がる。

心臓を貫いてなお、生きているとは。こんな連中を相手にしていたら、命が幾つあっても足りない。

首領の妖魔が、再び吼える。

それを合図に、残った妖魔たちが、黒丸に波状攻撃を仕掛ける。黒丸は、素早く動きながら躱してはいるが、長くは保たないだろう。

とはいえ、妖魔たちの攻撃が、黒丸に向けられている今なら、何とか逃げ出せるかもしれない。

「逃げましょう」

紫苑は、ここが好機とみて、咲弥の手を取って走り出そうとした。

が、少しばかり判断が遅かった。

小山田が、紫苑たちの退路に立ち塞がった。

「逃がすと思っているのか？」

得意げに言う小山田の顔には、笑みが張り付いていた。

強者に媚《こ》びへつらい、弱者には冷酷で残忍――そうした、小山田の底が透けて見えるような笑みだった。

「くっ……」

「しかし――お前、見ればいい女ではないか。大人しく殺生石を寄越せば、かわいがってやるぞ」

紫苑に向けられた小山田の笑みが、卑猥《ひわい》なものに変わった。

このような男の慰み者になるなど、考えただけで虫酸《むしず》が走る。だが、好機でもある。小山田は、紫苑を女だと思って見くびっている。そこに隙が生まれる。

「本当に、かわいがって下さいますか？」

紫苑は上目遣いに小山田を見て、しおらしい声を上げた。

「ああ。もちろんだとも。お前のような美しい女なら、いくらでもかわいがってやる」

小山田が、紫苑の頬《ほお》を指先で撫でる。

全身に鳥肌が立った。このような男に触れられるくらいなら、毛虫が這い回った方がましだ。

「嬉しいです」

紫苑は、しなだれるように小山田に身を寄せる。

にやついた小山田が、紫苑の身体に手を回そうとする。紫苑はその瞬間に、金剛杖で小山田の鼻っ柱を突いた。

小山田は、「ぎゃっ！」と悲鳴を上げて蹲《うずくま》る。

「咲弥様！　今のうちに！」

紫苑は、咲弥の手を引いて駆け出した。

だが、すぐに足を止めることになった。目の前に甲冑を着けた妖魔、八人が立ち塞がったのだ。

黒丸の相手をしていたはずなのに――。

紫苑が目を向けると、首領の妖魔が、大きな岩の前に黒丸を追い詰めていた。黒丸は疲弊し、岩に背中を預け、辛《かろ》うじて立っている状態だ。

ここまで追い込めば、もう黒丸に手数をかけるまでもないということだろう。

「咲弥様！　逃げて下さい！」

紫苑は、咲弥をどんっと突き飛ばし、金剛杖で妖魔に打ちかかった。

確かな手応えはあった。

だが、心臓を貫かれて尚、平然としているような連中だ。紫苑は、すぐに弾き飛ばされることになってしまった。

痛みを堪え、何とか立ち上がる。

再び、金剛杖を構えようとしたところで、腹を蹴り上げられた。小山田だった。

「よくもやってくれたな……」

小山田が、蹲る紫苑に詰め寄り、怒りに満ちた目を向ける。

「咲弥様……逃げて下さい……」

紫苑は、額に冷や汗を浮かべながら声を上げた。

咲弥は後退りをしたものの、逃げ出すつもりはないようだ。咲弥の優しさが、真っ直《す》ぐさが、こういうときは本当に煩《わずら》わしい。

「逃げて！」

紫苑は、もう一度叫んだ。

咲弥は迷っている。誰かの犠牲の上に立つのを嫌う気持ちは分かる。だが、ここで咲弥が残れば、紫苑は無駄死にすることになる。

だから——。

「お願いです……」

もう一度、口にした紫苑の眼前に、刀の切っ先が突きつけられた。小山田だ——。

「逃げるなら、この女を斬る」

小山田の視線は、咲弥に向けられていた。

「お願いです！　行って下さい！」

紫苑は渾身の力で叫んだ。

だが、咲弥にそれができないことは、分かっていた。案の定、咲弥は「行けません」と首を左右に振った。

「殺生石は、渡します。ですから、紫苑を放して下さい」

咲弥が、毅然とした態度で小山田に告げる。

そんな交渉が通用する相手ではない。咲弥も、それは分かっているはずだ。だが、それでも、咲弥は人を見殺しにすることができないのだ。

緊迫した状況の中、突然、笑い声が響き渡った。

——何だ？

紫苑は、声のした方に顔を向ける。

黒丸だった——。

岩に背中を預けて立ち、目の前には、妖魔の首領がいる。自らの命が風前の灯火であるにもかかわらず、なぜ笑っていられる？　気でも触れたか？

黒丸は義手である右手を、妖魔の首領の眼前に翳《かざ》すと、舌舐《したな》めずりをした。

——策でもあるのか？

そう思った矢先、黒丸の義手の手首から先が、折れ曲がり、中から筒のようなものが飛び出した。

次いで、花火のような爆発音がしたかと思うと、妖魔の首領の顔が、粉々に砕け散った。

妖魔の首領は、そのまま後ろ向きに倒れていく。

どうやら、黒丸の義手には、鉄砲のようなものが仕込まれているようだ。しかも、大砲並みの破壊力がある。

「やはり、頭を潰さないと、死なんようだな」

黒丸は嬉しそうに言う。

どうやら、黒丸が苦戦していたのは、色々と試して、妖魔たちの特性を探っていたからのようだ。

やはり恐ろしい男だ——。

「き、貴様！　ええい！　かかれ！」

小山田が、叫び声を上げる。

三人の妖魔が、黒丸に向かって突進していく。

黒丸は、素早く木の枝に跳び上がって、それを躱す。あれだけの身のこなし。やはり、黒丸には、まだまだ余裕がある。疲弊しているように見えたのは、相手を油断させる為の演技なのだろう。

とはいえ、状況は依然として、自分たちに不利だ。妖魔は、まだ八人もいる。黒丸がどう頑張っても、八人も打ち倒すのは容易ではない。

いや、そもそも、黒丸は紫苑たちの味方ではない。三つ巴《どもえ》の状況なのだ。

「逃がさんぞ！」

小山田が、黒丸に向かって吼える。

「これだけの数を、一つずつ相手にするのは、少しばかり面倒だ」

木の枝に乗った黒丸が、ほくそ笑む。

――何を考えている？

紫苑が答えを見出す前に、黒丸が動いた。

枝から枝へと器用に飛び移りながら移動し、咲弥の背後に降り立った。

――しまった！

黒丸は、咲弥だけ連れてここから立ち去る気だ。

紫苑は助けに向かおうとしたが、小山田に刀を突きつけられている状態では、いかんともし難い。

「逃げて下さい！」

咲弥に向かって、そう叫ぶのが精一杯だった。

だが、その声が届く前に、黒丸は忍び刀を抜き放つと、躊躇《ちゅうちょ》なく、背中から咲弥の身体を貫いた――。

「咲弥様！」

十一

一吾は、矢吉の背中を追いかけるようにして森を駆けた――。

すぐあとを玄通が続く。

矢吉が嗅ぎ取った、咲弥の臭いを追っているのだ。あと少しで、咲弥に会える。その喜びはあったが、楽観できる状況ではない。

矢吉が嗅ぎ取ったのは、咲弥の臭いだけではない。

複数の妖魔らしきもの。そして、武田の忍びである百足衆の頭領、黒丸の臭いまであるという。

おそらく咲弥たちは、妖魔と黒丸に襲撃されている――そう思うと、冷静でいようと心がけても、焦りが湧き出てくる。

――急がなければ！

乱立する木々のせいで、一直線に走れないのが煩わしかった。

やがて、木々の向こうに開けた場所があるのが見えてきた。川辺だ。幾つか、人影のようなものも目に入った。

「まずいな」

走りながら矢吉が口にする。

一吾も、その言葉の意味をすぐに察した。

紫苑と思しき女が、甲冑を着けた男たちに取り囲まれており、その中の一人に刀を突きつけられている。

少し離れたところに、咲弥の姿もあった。

今は、まだ生きている。だが、このままいけば、どんな結果になるのかは、火を見るより明らかだ。

「間に合え！」

一吾は、叫び声を上げると、一気に加速して矢吉を追い越した。

が、次の瞬間、咲弥の背後に黒い影が舞い降りた。

異様に手足が長く、蛇のように、残忍な目をした男——黒丸だ。

「咲弥！　逃げろ！」

一吾のその声は届かなかった。

黒丸は、何の躊躇《ためら》いもなく、忍び刀を抜き、咲弥の背中に突き刺した。身体を貫かれた咲弥は、空を見上げると、ごほっと口から血を吐いた。

一吾の中で、憤怒の感情が爆発した。

心臓のあたりに、ズキッと強烈な痛みが走る。

腹の底から、熱をもったどす黒い何かが湧き出てきて、全身を覆い尽くす。

不思議だった。ここまで走ってきたことで、疲弊していたはずの身体が、活力を取り戻していく。

身体を駆け巡る痛みが、心地よいと感じられるほどだった。

両足の筋肉が、どくっという脈動とともに膨張し、自分でも信じられない速さと力強さで、地面を蹴った。

「一吾！　怒りに捉われるな！」

玄通の叫び声がした。

だが、一吾の怒りは収まるどころか、みるみる増幅していく。

「黒丸ぅ！」

一吾は、叫びながら駆け寄ると、忍び刀を抜いて黒丸に斬りかかった。

が、黒丸は一吾の接近を察知していたらしく、咲弥の身体を貫いていた忍び刀を引き抜くと、一吾の渾身の一撃を受け止めた。

キンッと鋼のぶつかり合う甲高い音とともに、黒丸の忍び刀が折れた。

「また会ったな。小僧」

黒丸が、にたっと笑った。

以前に対峙したときは、その陰湿で残忍な笑みに身体を震わせたが、今は怒りのせいか、恐ろしいとは感じなかった。

「よくも咲弥を……」

一吾は、ぎりぎりと歯を嚙み締める。

まるで獣のように、犬歯が伸びてきた。いつの間にか、腕や足から、白い体毛が生えていた。

「その身体……妖魔を宿したか……」

黒丸が淡々とした口調で言う。

「うぉ！」

一吾は、黒丸の言葉を掻き消すように咆哮を上げると、再び斬りかかった。

黒丸の強さは知っている。だが、今は忍び刀が折れて、武器を持っていない状態だ。

わずかではあるが、勝機がある。

しかし、黒丸は一吾の攻撃をあっさりと躱した。

「速い。そして強い。だが、ぬるい」

黒丸は、嘲《あざけ》るような口調で言うと、長い足を活かした強烈な蹴りを、一吾の腹に叩き込む。

一吾は大きく吹き飛ばされ、大木に背中を打ち付けた。

やはり黒丸は強い。素手でありながら、こうも圧倒されては勝ち目はない。

だが、咲弥の仇《かたき》も取らずに、ここで朽ちるわけにはいかない。一吾は雄叫《おたけ》びを上げながら、再び黒丸と対峙した。

「一吾！　止せ！　弧月に取り込まれるぞ！」

あとから追いついてきた玄通が叫ぶ。

その言葉で、一吾はようやく思い出した。自分の体内には、弧月が寄生している。宿主に力を与える代わりに、怒りの感情を喰らい、正気を失わせる妖魔だ。

おそらく、咲弥を殺された怒りに捉われ、妖魔に取り込まれかけているのだろう。

筋肉の膨張や、手足に生えた白い毛は、その前兆に違いない。

しかし――。

黒丸に止《とど》めを刺せるのであれば、己が妖魔になっても構わない。

「殺す！」

一吾が、三度黒丸に斬りかかろうとしたところで、目の前に何かが立ち塞がった。

矢吉だった――。

「状況を見ろ！　この莫迦！」

頬を平手打ちされた。

「え？」

そこで、ようやく一吾の目が、黒丸以外の存在を捉えた。

紫苑が甲冑を着けた男たちに取り囲まれたままだ。

紫苑に刀を突きつけている男は人間のようだが、他の連中は、明らかに違う。

目は赤く、口の端からは鋭く尖った犬歯が覗いている。甲冑の隙間から見える肌は、継《つ》ぎ接《は》ぎだらけで、泥のような色をしていた。

紫苑が危機に瀕しているというのに、一吾は我を忘れて、黒丸と斬り合っていたのだ。

何と愚かな――。

いや、それだけではない。

黒丸に身体を貫かれた咲弥に目を向ける。

血に濡れた咲弥の傷口から、黒い煙のようなものが立ち上っていた。前にも、これと同じものを見たことがある。

あれは――。

「来い！　離れるぞ！」

矢吉が、一吾の手を引いて咲弥から距離を置く。

「黒丸は？」

一吾が声を上げると、矢吉が頭上に視線を向けた。

木の枝の上に、ニヤニヤと薄気味悪い笑みを浮かべた黒丸の姿があった。

「あいつから、殺気は感じない。どういうつもりか知らんが、今は、おれたちを殺す気はないらしい」

矢吉が言う。

――どういうことだ？

一吾が考えている間にも、咲弥の身体から立ち上った黒い煙は、九本に割れ、それぞれが意思をもった生き物のように、ゆらゆらと動き始めた。

甲冑の妖魔たちは、呆然とその様《さま》を見ている。

やがて、黒い煙の一つが、甲冑の妖魔の身体に巻き付いた。

妖魔は、身体を振り、それを引き剝《は》がそうとしたが、そんなことをしても意味がない。

瞬く間に、全身を絡め取られてしまう。

妖魔の身体から、みるみる張りがなくなり、まるで木乃伊《ミイラ》のように干からびていく。

咲弥が宿している殺生石が、命を吸っているのだ。

殺生石は宿主が傷つけば、それを生かす為に、あの黒い煙を伸ばして、周囲にある命を吸い、蘇生させてしまう。

咲弥は、決して死ぬことができない。

目の前の光景に激情するあまり、一吾は、その事実を完全に失念していた。

そうこうしている間に、殺生石から伸びた黒い煙は、次々と妖魔に巻き付き、その命を吸っていく。

妖魔たちは、何が何だか分からぬうちに、獣のような悲鳴を上げ、朽ちていった。

「なっ、何だこれは！」

紫苑に刀を突きつけていた甲冑の男が、まるで子どものように怯えた声を上げる。

その隙を突いた玄通が紫苑に駆け寄り、素早く腕を引いて走り出した。

「ぐっ！　貴様！」

甲冑の男は、口惜しそうに声を上げたものの、次々と倒れていく妖魔を見て、恐れをなしたのか、刀を投げ捨てて、一目散に逃げ出して行った。

やがて、黒い煙は、咲弥の胸にある殺生石の中に姿を消した。

静寂が訪れる――。

見ると、さっきまで一吾の腕と足に生えていた白い毛が、全て抜け落ちていた。

矢吉に目を覚まさせてもらったお陰で、完全に弧月に取り込まれずに済んだようだ。玄通の術が効いているというのもあるだろう。

一吾は、改めて弧月の恐ろしさを知った。

怒りの感情に捉われ、完全に妖魔に成り下がれば、咲弥を救うどころではなくなってしまう。

一吾自身が、咲弥を狙う刺客と化すのだ。

「すまなかった……」

一吾が口にすると、矢吉がふんっと鼻を鳴らして笑った。

「まったくだ。玄通のおっさんに殺されるところだったんだぞ」

そうだった。弧月に完全に取り込まれた場合の対抗策として、一吾の身体には、玄通が術を施した針が埋め込まれている。

玄通が経文を唱えれば、その針が一吾の心臓を貫くことになっているのだ。

己の浅はかさを、心の底から痛感した。

「まあ、くよくよすんな。無事だったんだからそれでいい」

矢吉の軽い口調のお陰で、幾分気持ちは和らいだ。

改めて目を向けると、干からびた妖魔たちの骸《むくろ》が、無残に転がっているのが見えた。まるで、戦のあとのような有様だ。

一吾は殺生石の力の凄まじさに、今さらながら戦慄《せんりつ》した。

咲弥は、生まれたときから、殺生石を宿していた。

望まず与えられた忌まわしき力――。

咲弥はこれまで、どれほどの苦痛を味わいながら生きてきたのだろう？　それを思うと、息もままならないほどに胸が締め付けられた。

しばらくして、咲弥がゆっくりと起き上がった。

胸のあたりには、血がべっとりと付いているが、傷跡は跡形もなく消えている。

「一吾……生きていたのですね……良かった……」

咲弥が、目を潤ませながら口にする。

だが、すぐに顔を伏せ、決して一吾に近付こうとはしなかった。

おそらく、殺生石を宿した己の存在を、忌まわしく感じているのだろう。

一吾は黙って咲弥に近付き、その身体をきつく抱き締めた。

咲弥は一瞬、ビクッと身体を震わせたが、そのあとは、一吾の胸に顔を埋《うず》めるようにしてじっとしていた。

零れそうな涙を必死に堪えているのが、一吾には分かった。

咲弥が何であれ関係ない。決して、忌まわしい存在などではない。そう伝えたかったが、上手く言葉にできなかった。

「何があったのか、聞かせてもらえんか？」

玄通が、紫苑とともに歩み寄りながら口にした。それは一吾も気になっていたところだ。

この場所で、いったい何が起きていたのか？

「はい」

大きく頷き、話を始めようとした紫苑を、矢吉が制した。

「その前に、そこのお客さんの真意を知りたいもんだ」

矢吉が、木の上に視線を向ける。

——そうだった。

一気に、色々なことが起こり過ぎて、忘れていた。だが、そこには、百足衆の忍び——黒丸がいるのだ。

黒丸は、にっと笑みを浮かべると、音もなく木の上から舞い降りた。

十二

紫苑は、すぐ近くに立っている黒丸を見て戦慄した。

猫背気味に立ち、異様に長い手をだらりと垂らしている。一見、脱力しているような様だが、爛々と輝く目には一分の隙もない。

さっき矢吉は、黒丸には「殺意がない」と言っていたが、紫苑には、到底そうは思えなかった。

今、この瞬間も、虎視眈々と隙を窺い、少しでも気を緩めれば、獰猛な本性を顕《あら》わにして、首筋を噛み千切られるのではないかという恐さがある。

「あんたの目的は何だ？」

矢吉が、じっと黒丸を見据えながら問う。

「お前も忍びなら分かるだろ。易々と目的を明かすような愚か者は、早死にをする」

黒丸が冷淡に言った。

「それもそうだな。で、どうする？　一戦交えるか？」

矢吉が、忍び刀の柄に手をかけた。

言動に反して、どこか間延びしたような空気が広がる。

「お前などとやり合うほど、暇ではない」

「そうか。それは残念だ」

矢吉がおどけたように肩を竦《すく》める。

そもそも矢吉は、黒丸と戦うつもりなどないのだろう。そうやって揺さぶりをかけて、黒丸の腹の底を探ろうとしているのだ。

「お前に、訊きたいことがある」

今度は黒丸が、口を開いた。

「何だ？」

「もう一人は、どうした？」

そう訊ねた瞬間、黒丸の目の奥に、黒い炎が灯ったような気がした。

紫苑は、黒丸の右腕の義手に目を向けた。

黒丸の言う「もう一人——」とは、間違いなく無名のことだろう。黒丸の右腕は、無名に斬り落とされたのだ。

「お前が、ここにいる理由はそれか？」

矢吉が問う。

紫苑も同じことを考えていた。黒丸は、無名に復讐をすべく、ここまで追ってきたのかもしれない。

「答えてやるほど、お人好しではない」

黒丸は、にいっと笑みを浮かべた。

そこには、粘着質な何かが潜んでいるような気がした。

「そうか」

「それで、あの男はどこにいる？」

「答えてやるほど、お人好しじゃねぇ」

矢吉が笑みを浮かべながら応じた。

「それもそうだな」

黒丸は、そう答えると、くるりと踵を返して背中を向けた。

一瞬、このまま斬りかかれば勝てるかもしれない——と思いはしたが、すぐにその考えを改めた。

背中を向けているとはいえ、そこに隙はなかった。

「で、この先はどうするんだ？」

矢吉が、黒丸の背中に向かって問う。

「お前らが知る必要はない」

黒丸は、そう言うや否や、だっと地面を蹴り、近くにあった木の枝に飛び乗ると、そのまま枝から枝を伝うように、森の中に消えて行った。

黒丸の姿が見えなくなると、紫苑はふうっと長いため息を吐いた。

背中には、びっしょりと汗が滲んでいた。

気丈に振る舞ってはいたが、やはり黒丸の迫力に押され、過度に緊張していたようだ。

「それで、何があったんだ？」

しばらくして、矢吉が紫苑の方を向いて訊ねた。

「那須岳に向かおうとしていたのですが、この場所で武田の家臣、小山田と妖魔と思しき者たちに襲われました」

紫苑は、倒れて干からびている甲冑の妖魔たちに目を向けながら答える。

「それで？」

矢吉が先を促す。

「そこに、あの男——黒丸が現われて、私たちに加勢したんです」

紫苑の言葉に、一吾が「何だって！」と、目を剝いた。

その驚きは、紫苑も同じだ。志賀城を出てから、咲弥を付け狙っていたはずの黒丸が、今度は味方する。その真意が分からなかった。

紫苑の動揺とは対照的に、矢吉の反応は醒《さ》めたものだった。

「武田も、一枚岩じゃねぇってことだろうな」

「どういうことです？」

「あいつも忍びだ。誰かの命に従って動いているってことだ。上同士で、いざこざがあって、これまでとは違う動きを取ったのかもしれねぇ」

「忍びは、主の命とあれば、敵に与《くみ》することも厭《いと》わないということですか？」

紫苑が驚きの声を上げると、矢吉がふんっと鼻を鳴らして笑った。

「別に、忍びだけじゃねぇだろ。武士にしたって同じだよ。特に今みたいな乱世では、昨日までの敵が、今日は味方なんてことはざらだ」

「それは……」

矢吉の言う通りだ。

政というのは、常にそういうものだ。謀略が渦巻き、敵味方の分別があいまいになっている。

現に、紫苑たちがいた信州も、近隣の豪族たちの間で諍いが絶えなかったが、武田が攻め込んでくると分かったら、一気に結託した。

武田の中で、何かしらの内部分裂があり、黒丸は殺生石を奪う側から、守る側に転じたと考えられなくもない。

だが――。

「信用していいものなのでしょうか？」

紫苑が口にすると、一吾が「そうだ！」と声を上げた。

「あいつは、咲弥を殺そうとしたんだ」

一吾の声には、怒りが滲んでいた。

「あれは、私たちを助けようとしてのことだと思います」

そう言ったのは咲弥だった。

「どういうことだ？」

一吾が問う。

「あのとき私たちは、妖魔たちに囲まれて、身動きが取れませんでした。だから、あの人は、殺生石の力を使って窮地を脱したのだと思います」

咲弥が、胸にある殺生石に手を当てた。

おそらく、咲弥の推考は正しいのだろう。あの状況において、あれが唯一の手段だったかもしれない。

だが、咲弥の身体を刀で貫き、殺生石の力を解放するなどという方法は、紫苑にも到底受け容れられない。

「だからって、あんなこと……おれには許せない！」

一吾が、近くにあった木に拳を打ち付けた。

「でも、ああしなければ、紫苑も私も、どうなっていたか……」

咲弥が小さく首を振った。

「おれは、許せねぇ！」

一吾がさらに怒りを募らせるが、矢吉がそれを制した。

「気持ちは分かるが、そう怒るな。また、獣になっちまうぜ」

矢吉の言葉で、一吾は何かを察したのか、苦い顔をしながらも口を結んだ。

「とにかく、今のところは、黒丸は敵ではなさそうだな……」

矢吉は肩を竦めるようにして言うと、黒丸が去って行った方向に目をやった。

その姿を見て、紫苑は何だか妙な感覚を覚えた。

これまでの矢吉であれば、こういうとき、真っ先に一吾とぶつかり合っていたというのに、今は違う。

かつての無名がそうであったように、一吾を諭す側に回っている。

「あの……」

紫苑は、一吾たちに声をかけた。

幾分冷静になったせいか、幾つか気になることが頭に浮かんだ。

矢吉たちは、吊り橋から転落して、どうやってここまで辿り着いたのか？　無名には会ったのか？

それに、矢吉は無名の腰巾着として旅に同行していたはずだ。その無名がいなくなったにもかかわらず、なぜ矢吉はここにいるのか？

さらには、一吾のことも気にかかった。

さっき、矢吉は「また、獣になっちまうぜ」と口にした。それはどういう意味なのか？

今は、すっかり元に戻っているが、一吾が黒丸とやり合ったとき、その腕と足に、白い体毛が生えていた。

あれは、弧月に取り憑《つ》かれた繁正と、同じだったように見えた。

紫苑が一気に訊ねると、矢吉が「やれやれ」と首を左右に振った。

「まあ、取り敢えず那須岳に向かいながら話そうぜ。長い話になるからな」

そう言って矢吉は歩き出した。

十三

穴山信友は、松明を手に、暗い洞窟を歩いていた――。

かつては金山だった場所で、あちこちにその名残となる道具が放置されている。

しばらくして、小屋が見えた。

「入るぞ」

信友は、声をかけてから戸を開ける。

湿気と饐《す》えた臭いが充満していて、息をするのも嫌になるほどだ。部屋には棚が据えられていて、用途の分からない器具が、乱雑に置かれている。

「そろそろ来られる頃かと思っておりました」

地べたに座り、どす黒い液体の入った鉄釜をかき回していた男が顔を上げた。

頭は禿げ上がり、ずんぐりむっくりの小男で、襤褸《ぼろ》きれのような服を着ている。まるで、物乞いのようだが、この男はこう見えて、信友が率いる忍び、百足衆の一人——土竜《もぐら》だ。

忍びといっても、土竜が前線に立つことはない。土竜の役目は、毒の調合や、何の役に立つか分からない怪しげな実験をすることだ。

「どうして、来ると分かった？」

信友が問うと、土竜はにたっと粘着質な笑みを浮かべた。

「こんなところにいても、色々と聞こえてくることはありますからね」

「ほう。どんなことが聞こえてきた？」

「そうですな……たとえば、山本勘助に呼び出された一件とか……」

土竜の返答を聞き、信友はため息を吐いた。

もう、そんなにも話が広がっているのか——と一瞬、驚きはしたが、土竜とて百足衆の一員だ。その程度のことは、知っていて当然だ。

「では、私がここに来た目的も分かっているな？」

信友が問うと、土竜は「へい」と頷き、ゆっくりと立ち上がった。

そのまま、壁際の棚の前まで歩いて行き、そこから木箱を手に取り、信友に差し出した。

「この前、焼け落ちた玄通寺というところに残されていた、古い文献です。そこに、九尾の狐に関する記述があります」

「うむ」

信友は、その場に腰を下ろすと、木箱を開けて中の文献を引っ張り出した。かなり古いもので、ところどころ黒く煤《すす》けているが、読めないことはない。記された文字に慎重に目を通していく。

「まずい立場になりましたな」

土竜が、哀れみに満ちた目で信友を見下ろしながら、口を開いた。

何のことを言っているのかは、考えるまでもなく分かっている。さっき、土竜も言っていた、山本勘助に呼び出された一件だ。

「そうだな――」

信友は、呟くように答える。

――私に協力するか？　あるいは、反目して死ぬか？　考えておけ――。

山本勘助は、自らが作り出した死人の軍勢を見せ、信友に、選択を迫ってきたのだ。

これまで、正体を隠し続けていたが、勘助がああやって自分の手の内を見せたからには、反目した場合は言葉の通りに殺しにかかるだろう。

「考えるまでもなく勘助につけば良いでしょう」

土竜が飄々とした調子で言った。

「何？」

信友が顔をしかめると、土竜は何がおかしいのか、ひゃっ、ひゃっ、ひゃっと、甲高い笑い声を上げた。

「何をそんなに驚いていらっしゃるのです？」

「勘助につくということは、主である晴信様を裏切るということになるのだぞ」

信友の主は、勘助ではない。武田晴信だ。

おそらく勘助は、その晴信に何らかの術を施し、自らの傀儡として、武田家を牛耳っている。

これまでは疑いの域を出なかったが、勘助に呼び出され、その力を目の当たりにしたことで確信に変わった。

小山田を始め、何人かの家臣は、そうと知りながら、勘助の軍門に降ってしまっている。忠義も何もあったものではない。

信友は、古くから武田家に仕える身だ。そう易々と、主を裏切るような真似《まね》などできるはずがない。

「そんなことは、分かっておりますよ。しかし、長生きはしたいでしょ」

土竜はしれっと口にする。

「命など……」

「本当に、そう思われているんですか？」

「何が言いたい？」

「あなた様が、命を捨てたところで、武田家は救えませんよ。それほどまでに、山本勘助の力は強大です」

悔しいが、土竜の言う通りだ。

勘助に見せられた死人の軍勢が、脳裏に蘇る。

あのような軍勢を相手に、如何《いか》に戦えばよいと言うのか。これまで信友は、勘助の素性を探る為に、幾度となく百足衆を放ってきたが、そのことごとくが返り討ちにあっている。そのことからも、勘助の力の強大さは明らかだ。

信友が抗ったところで、勝ち目などない。それこそ、無駄死にというものだ。

しかし——。

「あのような男に、武田家を乗っ取られるわけにはいかない」

「誰だって一緒でしょう」

「一緒？」

「ええ。戦国の世にあって、誰が覇権を握ろうと、大差はありませんよ。生き残りたければ、強い者に与する。それが自然の摂理というものです」

土竜が飄々と言う。

否定はできない。土竜の言は的を射ている。

「私に、武田を裏切れというのか？」

「乱世では、みなそうやって生き残ってきたんです」

土竜の言葉が、信友の心の奥深くに突き刺さった。

乱世において、裏切りなどは日常茶飯事だ。親兄弟が敵味方に分かれて殺し合うような時代なのだ。

親の敵であるはずの武将を、主と崇める輩までいる。

だが、それを責めることなど誰にもできない。忠義だ何だと並べ立てたところで、所詮はみな己の命が尊いのだ。

信友は、思わず笑みを零す。

思えばどんな答えを選択するかなど、最初から決まっていた。ただ、踏ん切りがつかなかったというだけのことだ。

が、今の土竜の言葉で、信友の腹は決まった。

「そうだな。そうだったな……」

信友は、そう言って大きく息を吐いた。

第二章　那須

一

「答えを聞かせてもらおう」

山本勘助は、目の前で平伏している穴山信友を睨《にら》み付けた。

居室として使っている、洞窟の奥にある小部屋だ。蠟燭の火に照らされて、九尾《きゅうび》の狐《きつね》の石像が浮かび上がっている。

湿気が籠もり、血の臭いに満ちた禍々しい空間だが、それが勘助の心を落ち着かせる。

「聞くまでもなく、お分かりかと思いますが……」

信友が、顔を上げる。

確かに、この男が自ら、この場所に足を運んで来たということが、勘助の要求を呑《の》んだことを意味している。

もし、勘助と対立するつもりなら、そもそもここには足を運ばない。

だが――。

「己の口で言え」

勘助は、ずいっと身を乗り出し、信友に命じた。

分かりきっていることを敢《あ》えて言わせることで、屈服させると同時に、その真意を見極める意図もあった。

信友は、油断のならない男だ。

力では、勘助の方が圧倒している。だが、信友は機転が利く。思わぬ落とし穴にならないとも限らない。

それに、忠義心に厚い男が、どう折り合いをつけて勘助に与《くみ》しようと考えたのかを知りたくもあった。

「武田家の為《ため》、勘助様に従うことにいたしました」

信友が朗々とした口調で続ける。

「どうしてそれが武田の為になる？」

「これまでのことを、よく考えてみました。武田家がここまで力を得たのは、他《ほか》ならぬ勘助様あってのことです。残念ですが、晴信様だけでは……」

信友は、途中で言葉を呑み込んだ。

「それで？」

「勘助様のお力添えがあれば、武田家はこれからも安泰で御座いましょう」

――そうやって自分の忠義心を納得させたのか。

勘助は、内心で呟《つぶや》いた。

あくまで、武田家の為と取り繕《つくろ》ってはいるが——本心では、己の命が惜しいだけに違いない。

人とは、そういうものだ。

忠義だ何だと能書きを並べてはいるが、所詮《しょせん》は我が身かわいさで行動する。それを指摘してやろうかという思いもあったが、止《や》めておいた。

そこを指摘してしまった場合、信友は意地になって抗《あらが》うかもしれない。

信友ごときが抗ったところで、どうということはないのだが、殺してしまうには少し惜しい。

九尾の狐が復活するまでは、利用できるものは全《すべ》て利用しなければならない。

「良かろう。早速ではあるが、お主に頼みがある」

勘助が鷹揚に言うと、信友は「何なりと——」と、再び平伏した。

「那須岳に向かい、封魔の鎚《つち》を手に入れろ。そして、殺生石《せっしょうせき》を宿した志賀城の姫を、私の前に連れて参れ——」

「承知致しました。では、早速」

信友が、すぐに立ち上がり、部屋を出て行こうとしたが、勘助はそれを呼び止めた。

「兵は、私の手の者たちを貸そう」

勘助がそう告げると、信友の表情が強張った。

勘のいい男だ。おそらく、その兵というのは、先日、信友に見せた死者の軍勢のことだと悟ったのだろう。

「私に、扱えるでしょうか？」

「案ずるでない。お主の命に従うようにしておく」

「承知致しました」

「それから……」

「何で御座いましょう？」

「那須岳に、百足衆《むかでしゅう》を放っているな」

勘助の言葉に、信友の身体《からだ》が硬直した。

信友が、百足衆の頭領——黒丸を派遣していることは、既に把握済みだ。その目的についても、だいたい見当がついている。

「あれは……その……」

信友が口籠もる。

頭は切れるが、真っ直《す》ぐ過ぎるせいか、嘘《うそ》は苦手なようだ。

「これまでのことはよい。ただ、今後は許さぬ。言っている意味は分かるな？」

勘助は、左目で信友を睨み付けた。

その迫力に押されてか、信友の額にぶわっと玉のような汗が浮かぶ。

「はい。すぐに、伝書を送ります」

「それが賢明だ」

「では、これで――」

信友は、そのまま逃げるように部屋を出て行った。

「本当に寝返ったとお思いですか？」

声とともに、闇《やみ》の中から一人の女が、浮かび上がってきた。

真っ白な髪をした、美しい女――楊貴だ。

「どちらでも同じだ」

失敗したところで、次の手はもう打ってある。信友が、本当に寝返ったのかを試す為にも、いい機会だと考えていた。

「余裕ですね。足を掬《すく》われなければよいのですが……」

楊貴の言い様に、勘助は思わず笑ってしまった。

いくら信友が一人足掻《あが》いたところで、どうなるものでもない。それに――。

「どうせ、最後はみな死ぬのだ」

九尾の狐が——神が復活すれば、人間など根絶やしになる。それは、避けられない運命だ。

「それもそうですね」

楊貴も、小さく笑みを浮かべた。

「そちらの首尾はどうなのだ？」

勘助が問うと、楊貴は笑みを引っ込め、暗い目を向けた。

「私も、殺生石を追う為に、犬を放とうと思っております」

「犬？」

「ええ。かつて、志賀城で抗った、あの兵です」

「ああ。あれか……。まだ、生きておったのか？」

「はい」

楊貴が大きく頷《うなず》いた。

「好きにしろ」

「そうさせて頂きます。それから、器が見つかりそうです」

楊貴がぽつりと言う。

「ほう。どこに？」

「とある場所の地下深くに眠っているようです」

「そうか」

勘助は歓喜の笑みを漏らした。

器の場所が分かったのであれば、あとは殺生石を手に入れるだけだ。

九尾の狐の復活のときは近い——。

二

黒丸は、木の枝の上から、一吾たち一行の姿を見張っていた。

あの場から去ったふりをした後、再び舞い戻り、木の陰に身を隠しながら、一行の様子を窺《うかが》っていたのだ。

それほど、離れてはいない。

もっと距離をとった方が、見つかり難いのだが、それだと彼らの会話を盗み聞くことができない。

風下にいるとはいえ、おそらく、矢吉という忍びは、黒丸が尾行していることに気付いているだろう。

矢吉の鼻が犬並みに優れているのは、分かっている。

だが、矢吉は黒丸の存在に気付いていながら、仲間に伝えてはいない。

しばらく、泳がせて様子を見るつもりか——あるいは、何か他に目的があってのことか。

どちらにしても、大して気に病む問題ではない。

この乱世では、敵味方など、瞬時にひっくり返る。忍びは、その命に従い、忠実に任務を遂行するだけのことだ。

今は、彼らを守れと命ぜられているが、明日には、殺せと言われるかもしれない。

そういう世の中なのだ。

それにしても——。

一吾という小僧が、妖魔《ようま》に取り憑《つ》かれていたのは意外だった。

久しぶりに対峙《たいじ》して、その速さと力強さに驚いた。黒丸の刀をへし折ったあの動きは、妖魔を宿しているが故に違いない。

腕や足から生えていた、白い体毛がその証拠だ。

おそらく、一吾に取り憑いているのは、弧月とかいう妖魔だろう。

人の怒りや憎しみといった、負の感情を喰《く》らい、宿主に尋常ならざる力を与えるのと引き替えに、その心を蝕《むしば》み、傀儡《かいらい》へと変えていく。

見たところ、まだ完全に乗っ取られているわけではないようだが、それも時間の問題だろう。

やがては弧月に取り込まれ、獣に成り果てる。

この乱世に似つかわしくない純真無垢そのものであった一吾が、悩み、苦しみ、穢《けが》れていく姿を想像するだけで、恍惚《こうこつ》とした思いが胸の内から湧き上がる。

任務というのもあるが、その姿を見届けることは、何よりの楽しみになりそうだ。

ただ、心残りなのは無名のことだ。

矢吉は明言を避けてはいたが、何らかの理由で仲間から脱落したようだ。

義手の接合部分に、疼《うず》くような痛みが走った。

この腕は、あの男の――無名の血を欲している。

だが、急ぐことはない。機会はまだある。任務が終わったあと、無名を捜し出し、その首を斬《き》ればいいだけのことだ。

その瞬間を夢想すると、自然と笑みが零《こぼ》れた。

鳥が鳴いた。

見ると、上空を一羽の鳥がゆっくりと旋回していた。

黒丸が腕を翳《かざ》しながら烏の声真似《まね》をすると、その烏はゆっくりと黒丸の腕に舞い降りた。

烏の足には、文が結びつけられていた。

主である穴山信友からの伝書だろう。

黒丸は、その文を取り、中身に目を通す。暗号を使って書かれていたのは、今後の指示だった。

思わず、声を出して笑いそうになる。

乱世にあっては、敵味方は瞬時に入れ替わる。文を読みながら、黒丸はそのことを痛感した。

黒丸は、自らの感慨を捨て置くと、木の枝を飛び移るようにして、一吾たちのあとを追いかけた――。

三

月が出ていた――。

縁側に座った繁正は、ぼんやりとその月を眺めていた。

――殺生石を奪え。

耳許《みみもと》で声が聞こえた気がした。

頭に、強烈な痛みが走る。

「ぐっ……」

繁正は、呻《うめ》くような声を上げ、頭を抱える。

脳裏にあの男の顔が浮かんだ。

右目が潰れ、猪《いのしし》のように醜い顔をした男——山本勘助。

繁正は、勘助によって身体の中に妖魔を埋め込まれた。怒りや憎しみといった感情を喰らうその妖魔は、力と引き替えに、繁正を白い獣に変えた。

身体の中で、どす黒い感情が広がるあの感覚は、今思い出しただけでも恐ろしい。

このまま、誰《だれ》もいないところに逃げ出してしまいたい。

その欲求が湧き上がると同時に、別の顔が繁正の瞼《まぶた》の裏に浮かんだ。

志賀城の姫、咲弥だ。

憂いに満ちた目をしながらも、安らぎをもたらす美しさを持った女だった。

繁正は咲弥を守る為に闘い、そして勘助に捕らえられたのだ。

——咲弥は、今頃、どうしているのだろう？

「大丈夫か？」

声をかけられ、はたと我に返る。

目を開けて顔を向けると、隣に男が座っていた。

川辺で倒れていたという繁正を、大して理由も聞かずに介抱してくれた男だ。

「大丈夫です」

「無理はするなよ」

そう言って、男は繁正に微笑みかけた。

「なぜ、私のような者に、優しくしてくれるのですか？」

繁正は、不意に湧き上がった考えをぶつけてみた。

詳しいことは分からないが、男は娘と二人暮らしのようで、それほど裕福とは思えない。

今の世は、食うだけで精一杯だ。他人に情をかけている余裕などない。農民も、落ち武者を狩って、鎧《よろい》や刀を売ったりすると聞く。

そんな荒《すさ》んだ世であるにもかかわらず、この男は、繁正を助けてくれた。

――それはなぜか？

「おかしなことを言うな」

繁正の問いに、男は笑いながら答えた。

「おかしなこと？」

「困っている人がいたら、助けるのは当たり前のことだ。まして、傷を負っているなら尚《なお》のこと」

「しかし、私の素性も知らず……」

「知らない者なら、のたれ死んでもいいというのか？」

男が、真顔で聞き返してきた。

「それは……」

「誰かなんて問題じゃない。困っている人を見て、放っておくようでは、娘に嫌われる」

男が再び笑った。

純粋で、穢れのない優しさが、繁正の胸に染み入った。

自らの怒りや憎しみにかられて、勘助の傀儡に成り下がった己が、酷く矮小《わいしょう》なものに思えた。

この男のように、穏やかで温かい心を持っていれば、勘助などに付け入る隙を与えなかったのだろうに――。

「色々と思うところもあるだろうが、今はゆっくりと休め」

男は、そう言うと立ち上がった。

「ありがとうございます」

繁正が礼を言ったところで、びゅうっと音を立てて風が吹き抜けた。

次いで、闇の中からすっと何かが浮かび上がった。

女だった――。

その顔立ちは美しいのだが、髪は老婆のように真っ白で、眼球には白い部分がなく、昆虫のように真っ黒だった。

それを見た瞬間、繁正は戦慄《せんりつ》した。

この女を知っている。勘助の傍らにいた女だ。玄通寺で人間の姿に戻った繁正を、再び白い獣に変えたのも、この女だ。

「あなたは、まだ役目を終えていないわ――」

女は、そう言うと口許に笑みを浮かべた。

背筋が凍りつくほどに恐ろしい笑みに、繁正は息を呑んだ。

「く、来るな……」

繁正は、逃げ出そうとしたが、身体が動かなかった。

「さあ。成すべきことを成すのよ」

女が、すうっと繁正を指差した。

その途端、胸を刀で貫かれたような、強烈な痛みが走った。

全身が震えた。腹の底から、熱をもった黒い塊が溢《あふ》れ出し、身体の隅々まで広がっていく。

骨が軋《きし》み、めきめきと嫌な音を立てながら、筋肉が膨張していくのが分かる。

「ぐぁぁ！」

繁正は、叫び声を上げた。

その声は、もはや人のものではなかった。

獣の咆哮《ほうこう》——。

——殺生石を奪え！　他の者は皆殺しだ！

耳の奥で声がした。

すぐ脇に男が立っていた。怯《おび》えた顔で、繁正を見ている。

自分では、どうしようもなかった。湧き上がる怒りや憎しみが、抑えられないほどに膨れ上がった。

気付いたときには、鋭い爪が並んだ右手を、大きく振るっていた。

手応えがあった。

繁正の鋭い爪は、男の上半身と下半身を両断していた。

噴き上がった血が、繁正の顔を濡らす。

「いやぁぁ！」

悲鳴が聞こえた。

見ると、少し離れたところに少女が立っていた。

男の娘だ。

物音に目を覚ましてしまったのだろう。

繁正の中にある黒い衝動が、再び暴れ出す。

止めようのない力に突き動かされ、繁正は少女に向かって突進していた。大きく飛び上がり、右腕を振り下ろす。

――止めろ！

繁正は、心の内で叫んだ。

鋭く並んだ爪は、少女に触れる寸前で止まっていた。

だが、いつまでも、こうして意識を保てない。また黒い何かに呑み込まれていくのが分かる。

「がぁぁ！」

繁正は、月に向かって咆哮を上げると、踵《きびす》を返して少女の前から走り去った――。

四

「そんな……」

咲弥は、一吾から告げられた真実に、思わず声を漏らした。

緑深い山道を、那須岳に向かって歩きながら、一吾は吊《つ》り橋から転落して以降の顛末《てんまつ》を語った。

それによると、一吾の身体の中には、妖魔である弧月が寄生しているのだという。

玄通寺で、咲弥たちを襲った白い獣――あれは、弧月に寄生されたかつての家臣、繁正であった。

つまり、一吾も、あのような獣に変わってしまうかもしれないのだ。

「今は、玄通の術で、抑えているから大丈夫だ」

一吾は、木漏れ日に目を細めながら言う。

その顔には、笑みすら浮かんでいるが、そうそう楽観できるものではないだろう。

「本当に、それで大丈夫なのですか？」

問いを投げかけたのは紫苑だった。

　正直、咲弥も同じことを考えていた。もし、玄通の術でどうにかなるのであれば、繁正も救うことができたはずだ。

「完全に、抑えたわけではない。わしの術は、あくまで弧月を弱らせるだけだ」

　玄通が、わずかにため息を吐《つ》きながら言った。

「弱らせる……」

　紫苑が眉を顰《ひそ》める。

「ああ。あとは、一吾の精神力次第だ。怒りや憎しみに心が支配されれば、白い獣に成り下がるだろう」

　玄通の言葉を聞いた咲弥の脳裏に、黒丸と対峙したときの一吾の姿が浮かんだ。

　今は、いつもと変わらない姿だが、あのとき、一吾の身体からは白い体毛が生え、牙《きば》や爪が鋭く伸びていた。

　つまり、白い獣に変異しかけていた――ということだ。

「大丈夫だ。おれは、怒りや憎しみに捉われたりしない！」

　そう言って一吾が胸を張る。

「莫迦《ばか》なことを言ってんじゃねぇ」

　矢吉が、すかさず一吾の頭を小突いた。

「さっき、獣になりかけたばかりじゃねぇか」

「痛っ！」

矢吉が苦い表情を浮かべる。

こうやって、明るく振る舞ってはいるが、その心の内には、一吾が弧月に寄生されることになった原因の一端を、自分が作ったという後悔があるのだろう。

「本当に、信じて良いのですか？」

紫苑の顔が不安に歪《ゆが》む。

その言葉が、一吾を傷付けると分かっていながら、言わずにはいられなかったという感じだ。

気持ちは、分からないでもない。白い獣の恐ろしさを、知っていればこそ——だ。

「安心してくれ」

一吾は、明るい声で答える。

「え？」

「もし、おれが白い獣になったとしても、咲弥や紫苑を襲うことはない」

一吾の言葉は力強かった。

が、それに反して、玄通と矢吉の顔が険しくなる。

「なぜ、そこまで自信が持てるのです？」

紫苑が問いを重ねる。

一吾、玄通、矢吉の三人が足を止めた。咲弥と紫苑も、同じように立ち止まる。

しばらく黙っていたが、やがて玄通が咳払《せきばら》いをしてから語り出した。

「一吾の身体に、もう一つ術を施してある」

「術――ですか？」

訊《たず》ねながら、咲弥の胸がざわざわと揺れた。何だか、とてつもなく嫌な予感がした。

「一吾の心臓に、針が刺してある。わしが、術を施した針だ。ある経文を唱えると、その針が破裂する」

咲弥は血の気が引いて、目の前が真っ暗になった。

つまり、もし一吾が弧月に乗っ取られたときは、その術を使い、一吾を殺す――ということだ。

「なっ、何ということを……」

紫苑が、悲鳴にも似た声を上げた。

「一吾の意志だ」

矢吉が、視線を足許に落としながら呟いた。

「ああ。おれは、どうしても、咲弥たちと行きたかった。だから、おれが、玄通に頼んだんだ」

一吾は、この期に及んで朗らかに言う。

「どうして、そうまでして来たのです！」

気付いたときには、咲弥は叫んでいた。

弧月は、怒りや憎しみを喰らい、宿主に人ならざる力を与える代わりに、その精神を乗っ取る妖魔だと聞いた。

過酷な旅から離れ、どこかで静かに暮らしていれば、人のままでいられるはずだ。

それなのに——。

どうして、一吾は、自らの命を危険に晒《さら》すような真似をしたのか？

咲弥には理解できなかった。

「おれは……」

「死ぬかもしれないのですよ？　それも、仲間に殺されるかもしれない。それなのに——。なぜ、自分の命をそんなに粗末にするのです？」

咲弥は、一吾の反論を遮って早口に言った。

胸の奥から、哀しみが湧き出てきた。それは、抑えが利かない波となり、目から涙が溢れ出た。

自分のせいで、これ以上、誰かが不幸になることは、耐えられない。

殺生石を宿した自分のことが、堪らなく憎かった。

「別に、命を粗末にしてるわけじゃねぇ。だけど、命に代えても、守りたいものがある。それが理由だ」

一吾が、咲弥の肩に手を置いた。

その温かい感触が余計に、咲弥を哀しみの底に突き落とした。

本音で言えば嬉《うれ》しい。

一吾が近くにいてくれるだけで、過酷な運命の中にあっても、希望を見出《みいだ》すことができる。

これまで、そうして旅を続けてきた。

命を賭してまで、自分を守ろうとしてくれている一吾の想《おも》いが、咲弥の支えになっているのも事実だ。

だが、それでも――。

一吾が死んでしまったら意味がない。

「姫さんの気持ちは分かる。だが、男の覚悟を無にするんじゃねぇよ」

投げ遣《や》りな口調で言ったのは矢吉だった。

「………………」

咲弥は、目を擦りながら顔を上げる。

一吾が、矢吉が、玄通が、真摯《しんし》な目で咲弥を見ていた。

「矢吉の言う通りだ。わしは、一吾の覚悟を汲《く》んだから術を施した。分かってやりなさい。あんたが何を言おうと、一吾は、あんたについて行く」

玄通が静かに告げた。

咲弥の目から、また涙が溢れ出した。

もう、立っていることすらできなかった。よろける咲弥を、一吾が支えてくれた。

咲弥は、その胸に顔を埋《うず》めて泣いた。

一吾だけではない。玄通や矢吉も、覚悟をもってこの旅に臨んでいるのだ。自分のような呪われた者の為に——。

その想いに、どうやったら報いることができるのだろう？

いくら考えても、その答えを見つけることはできず、咲弥はただ泣き続けた——。

五

小山田信有は、無我夢中で走った――。

途中、何度も木の根や、泥濘《ぬかる》んだ地面に足を取られて転倒したが、そんなものに構っている余裕はなかった。

泥だらけになりながら、ただ必死に走り続けた。

小山田の脳裏に、あの凄惨な光景が繰り返し蘇る。

――恐ろしい。

小山田は、殺生石がどういうものなのか、まるで知らなかった。ただ、山本勘助に命じられるまま那須岳に向かい、封魔の鎚を手に入れるつもりだった。

殺生石を宿した志賀城の姫を見つけたら、連れて来いとも言われていた。

途中、その姫を見つけたときは単純に、土産を持って帰れば褒美が増えるくらいの感覚だった。

それが――間違いだった。

どれくらい走ったのだろう。小山田は、ついに走る力を失い、膝から崩れるようにその場にしゃがみ込んでしまった。

はぁ、はぁ——と自分の呼吸音だけが、深い森の中に響く。

小山田は俯《うつむ》き、頭を抱えた。

——何でこんなことになった？

小山田の中に、ふっとその疑問が湧き上がった。

武田家は、今や山本勘助の独壇場だ。武田の当主、晴信はただの傀儡と化し、実権は勘助が握っている。

だから、小山田は勘助に取り入った。

そうやって、強い者に付き従うことこそが、小山田の生き方だ。穴山信友のように、忠義心を貫くのは、愚かしい行為だ。

いくら忠義を尽くしたところで、この時代においては無意味だ。明日、その主君が生きているとは限らない。

だから、より強い者に付き従う。

自分は賢く生きてきたはずだった。それなのに——この悲惨な敗走ぶりは何だ？

志賀城の姫を捕らえようとしたところで、思いがけない闖入者《ちんにゅうしゃ》があった。穴山が率いる忍び——百足衆の頭領である黒丸だ。

忍び一人が加わったところで、どうということはないと思った。

小山田には、勘助から与えられた十人の兵がいた。あれを、兵と呼んでいいのかは定かではないが、人ならざる力を持った者たちだ。

圧倒的にこちらが優位だった。

にもかかわらず、小山田はこうして敗走している。

その要因は殺生石だ。

黒丸は、殺生石を宿した姫の身体を、刀で貫いた。その途端、姫の身体から、黒い蛇のようなものが現われて、みるみる兵たちを木乃伊《ミイラ》のように変えていった。

詳しいことは分からないが、あれは命を吸っているように見えた。殺生石が、あのように禍々しいものだとは、思いも寄らなかった。

勘助に従っていれば安泰だと思ったが、少しばかり考えを変えなければならないかもしれない。

とはいえ、今のところは、やはり勘助に従う以外に道はない。

封魔の鎚を手に入れるという目的は果たせなかったし、殺生石を宿す姫も連れて帰れない。のみならず、与えられた兵も全て失うことになった。だが、穴山の裏切りを進言することで、取り入ることができるはずだ。

小山田が立ち上がろうとすると、目の前にざっと何かが降って来た。

「く、黒丸……」

小山田は、怯えとともに口にした。

なぜ、このようなところに黒丸が——驚きは、すぐに恐怖に変わった。

黒丸が、小山田の前に現われた理由は明白だ。

穴山の裏切りが知れる前に、小山田を亡き者にしようとしているのだろう。

——冗談ではない！

こんなところで、死んでたまるか。

だが、黒丸とやり合って勝てる見込みはない。相手は、百足衆の頭領なのだ。

黒丸が、にいっと笑みを浮かべた。

——殺《や》る気だ。

「ま、待て！」

小山田は必死に声を上げる。

黒丸の動きが止まった。

「ここでおれを殺しても、何の意味もない。そんなことをすれば、勘助様の怒りを買うことになる」

黒丸は、何も答えない。ただ、光のない漆黒のような目で小山田を見つめている。

「お前も、勘助様と組むべきだ。穴山などと一緒にいても、先はないぞ」

小山田は、精一杯の虚勢を張りながら、早口に言った。

今の状況において、武田家にいながら、勘助に逆らうことがいかに愚かか、それくらいは黒丸とて分かるはずだ。

それが証拠に、さっきまで放たれていた強烈な殺気が消え、その顔に戸惑いが浮かんだ。

「勘助様も、お前なら快く迎えてくれるだろう」

「…………」

「お前ほどの男なら、誰につくのが得策か、考えるまでもなく分かるだろう」

小山田は、そう言いながら太刀《たち》の柄に手をかけた。

「…………」

「案ずるでない。拙者が取りなしてやる――」

言い終わる前に、小山田は太刀を抜いて斬りかかった。

いくら黒丸といえど、油断している隙を突けば、倒せないことはない。忍びの癖に、小山田の正面に立ったのが、そもそもの間違いだ。

しかし――。

小山田の渾身の斬撃は、黒丸の身体を捉えることはなかった。

代わりに、小山田の両腕の肘から下が、太刀を持ったままぼたりと地面に落ちた。

遅れて、痛みとともに大量の血が腕から噴き出す。

黒丸がいつの間にか、血塗《ちまみ》れた忍び刀を持って笑みを浮かべていた。

どうやったのかは分からないが、あの一瞬で、黒丸は小山田の腕を斬り落としたのだ。

「ひゃっ！」

小山田は、踵を返して逃げようとしたが、その前に腹に強烈な痛みが走った。

黒丸に右腕の義手で、鎧ごと腹を貫かれたのだ。

がはっ――と咳をするのと同時に、口から夥《おびただ》しい量の血が溢れ出た。

「き、貴様……」

小山田は、そう言うのが精一杯だった。

「お前に、面白いことを教えてやろう」

黒丸がずいっと顔を近付けながら、陰湿な声で囁《ささや》く。

「な、何……」

「穴山の裏切りを、勘助はとうの昔から知っていた」

「しっ……」

——知っていただと？

「その上で、勘助は穴山に、自分に従うよう迫った。そして、穴山は、それに応じた」

信じられなかった。

あれほど忠義を重んじていた男が、武田家を裏切ったというのか——。

「な、ならば、貴様はなぜ、おれを殺す……」

小山田は、途切れ途切れに言った。

もし、穴山が勘助についたのであれば、自分と仲間になるはずだ。それなのに、どうして黒丸を差し向けたのだ。

「お前が知る必要はない。どうせ、死ぬんだ」

黒丸は、そう言うと小山田の腹に突き刺した義手を一気に引き抜いた。

どばっと裂けた腹から血が噴き出す。

小山田は、立っていることができずに、そのまま倒れた。

血が流れ出すにしたがって、どんどんと身体が冷たくなっていく。

震えが止まらなかった。

ぼやけた視界の向こうで、黒丸が笑っていた。

——嫌だ。死にたくない。

小山田は、這《は》うように前に進んだ。

こんなことをしても、黒丸にすぐに追いつかれてしまう。分かっているが、諦めるつもりはなかった。

どんなに醜くても、生き残ってみせる。

その執念だけで、小山田は前に、前に——と進んだ。

だが、次第に薄れていく意識に抗うことはできず、終《しま》いには深い闇の中に墜ちていった。

六

焚《た》き火の炎が、夜を照らしていた——。

紫苑の隣で、咲弥は眠りに落ちていた。一吾と玄通も、木に寄りかかるようにして、座ったまま眠っている。

矢吉は、焚き火が消えないように、枯れ枝を放り込んでいた。

その顔は、紫苑の知っている矢吉に違いないのだが、同時に違和感もあった。その理由が、今になってようやく分かった。

「矢吉殿に、謝らなければならない」

紫苑が告げると、矢吉が不思議そうに顔を上げた。

「急に何を言ってやがる？」

「本音を言うと、矢吉殿が来たとき、何か裏があるのでは——と疑っていました」

助けに来てくれたのはありがたかったが、矢吉まで一緒に来たことに、違和を覚えたのだ。

矢吉は、無名について旅を続けていただけだ。

その無名は、病の娘を助けるという目的の為に、嘘を吐いて紫苑たちに近付いた。そして、その娘が死に、旅の目的を失い、脱落した。

こうなると、矢吉が旅を続ける理由はどこにもない。だから、何か裏があって、再び近付いたのかと勘繰《かんぐ》ったのだ。

紫苑が、そんな風に考えてしまったのは、無名に裏切られたという想いが、胸の奥で燻《くすぶ》っているからかもしれない。

「何が言いたい？」

矢吉が、焦れたように問いかけてくる。

「矢吉殿は、一吾殿の為に、旅を続けているのでしょう？」

紫苑が口にするなり、矢吉がいかにも嫌そうに表情を歪めた。

「莫迦なことを言ってんじゃねぇ。おれは、単に面白そうだから、ついて来たまでのことだ」

矢吉は、蝿《はえ》を追い払うように手を振った。

だが、その言葉が嘘であることは、すぐに分かった。紫苑を欺こうと嘘を吐いているのではない。照れを隠す為についた嘘だ。矢吉を突き動かしている理由の一つは、罪悪感のようなものだろう。一吾が、弧月に取り憑かれる要因となったのは矢吉だ。

一吾の今後を見守ることで、責任を取ろうとしているに違いない。

だが、それだけではない。

一吾の純粋で、真っ直ぐな気持ちに絆《ほだ》され、矢吉は一吾の行く末を見守りたいと思ったのだろう。

しかし、それをここで追及したところで、意味がない。

「私の勘違いなら、それでいいです。ただ、やっぱり謝らせて下さい。疑ってすみませんでした——」

紫苑が頭を下げると、矢吉が余計に嫌な顔をした。

「本当に、気味の悪いことをするんじゃねぇ」

「しかし……」

「まあ、謝るんなら、こっちが先だしな」

「え？」

「無名の旦那《だんな》のことだ」

紫苑は、その名を聞き、思わず下唇を噛《か》んだ。

割り切ったつもりでいても、やはり心の奥では納得しきれていない。裏切られたことに対する落胆もそうだが、心のどこかで、今も無名を頼ってしまっている自分自身の弱さが、身に染みた。

「もういいのです」

紫苑は、小さく首を振った。

これからは、無名なしで、何とか旅を続けなければならない。ここで、あれこれ考えていても仕方のないことだ。

「良くはねぇよ。おれは、あんたの気持ちに気付いていたからな」

矢吉が、鼻を擦りながら笑ってみせた。

「気持ち？」

「惚《ほ》れてたんだろ」

矢吉がさらりと言う。

「なっ、何を言うのです」

紫苑は否定しながらも、顔がかっと熱くなった。

咲弥にも、同じようなことを言われた。だが、紫苑は無名に特別な感情を抱いていたわけではない。

いや、違う――。

本当は、そう思おうとしていただけだ。

女として扱われることを嫌いながら、それでいて、女として無名を見ていた。そうした感情の矛盾を、無理に押し殺していただけに過ぎない。

「安心しろ」

矢吉が、小さく笑みを浮かべた。

「安心？」

「ああ。無名の旦那は、こんなところで潰れるような人じゃねぇ」

「え？」

「あの人は、必ず戻ってくるさ――」

「本気で言っているのですか？」

「もちろん本気だ。ただ、それは今じゃない。ときが来れば必ず――」

矢吉は、そう言って視線を空に向けた。

紫苑は小さく笑みを零した。

おそらく、矢吉も無名が戻って来ないことは分かっている。それでも尚、口にした。

それは、願いなのだろう。

そうでもしなければ、心が折れてしまう。無名が戻ってくると思うことで、困難に立ち向かう力を得ようとしているように、紫苑には見えた。

紫苑も、矢吉に倣《なら》って空を見上げた。

数多の星が瞬いている。

こんな綺麗《きれい》な星を見るのは、久しぶりのことだ。

──違う。

そうではない。星は変わらず空に輝き続けていた。

だが、あまりに過酷な旅を続けるうちに、見上げることをやめ、足許ばかりを見ていたのだろう。

それは、不安の顕《あら》われだったように思う。

矢吉はそうした不安を払う為に、こうして夜空を見つめているのかもしれない。

「そうですね。私も、無名殿は戻って来る気がします」

紫苑は声に出した。

そうすることで、不思議と心にあった燻りが、すっと流れ出して行くようだった。

「何にしても寝ておけ。もうすぐ那須岳だ」

矢吉は、そう言ってごろんと横になった。

その言葉の通り、明日には目的地である那須岳に辿《たど》り着けるだろう。

だが、油断はできない。

武田の追手が、この程度で引き下がるとは、到底思えない。それに、黒丸の動向も気に掛かる。

それに玄通は、那須岳には武田の軍勢以上に恐ろしい魔物がいると言っていた。

これまで以上の試練の予感がした。

七

うおぉぉ！

繁正は、月に向かって雄叫《おたけ》びを上げた。

深い谷に、哀しみを帯びたその咆哮が響きわたる。

——おれは、何をした？

繁正は、問いかけながら自らの両手に目を向ける。

月の冷たい光に照らされて、赤黒い血がべったりとこびりついているのが見えた。

あれは、夢ではなかった。

そのことを自覚すると同時に、全身が粟立《あわだ》ち、自らの行いに錯乱した。

瀕死の怪我を負った己を助けてくれた男を、繁正は自らの手で八つ裂きにしてしまったのだ。

素性の知れない自分のような者に、手を差し伸べてくれた優しい男を、容赦なく殺した。

娘と二人、質素に暮らしていた善良な男を——。

目の前で父親を殺された娘は、この先、いったいどんな想いを抱えて生きていくのだろう？

それを思うと、胸が締め付けられた。

哀しいし、憐《あわ》れだが、殺したのは、繁正自身なのだ。

ふらふらとした足取りで、川に向かって歩みを進める。覗き込むと、川面に自分の顔が映し出される。

——これは、本当におれの顔か？

犬のように口が突き出て、鋭い歯がずらりと並んでいる。そればかりか、白い体毛に覆われていて、もはや人とは呼べない有様だった。

――なぜ、こうなった？

繁正は、膝を突いて天を仰ぐ。

脳裏に女の顔が浮かんだ。

美しいが、真っ白い髪をして、異様な空気を纏《まと》った女。あの女と顔を合わせるなり、感情の抑えが利かなくなった。

腹の底が、かっと熱くなり、耐えがたい痛みに襲われた。

気付くと男を手にかけていた。

「おのれ……」

繁正は呪詛《じゅそ》の言葉を呟く。

自分を、このような姿に変えたのは、山本勘助だ。あの男が身体に妖魔を埋め込んだのだ。

その結果がこれだ。

今回のことだけではない。玄通寺では、想いを寄せていた咲弥にまで襲いかかってしまった。

本来、守るべき女を、自らの手で殺《あや》めようとしたのだ。

なかった。

「憎い……」

繁正は、吐き出すように言った。

いくら憎んでも足りない。山本勘助さえいなければ、自分は、このような姿になることは
そもそも、志賀城が落とされることもなかっただろう。

武田が攻めて来なければ、繁正は咲弥を娶《めと》り、平穏な生活を送っていたかもしれないのだ。

それを──。

「勘助ぇぇ！」

繁正は、天に向かって吠えた。

その声が谷間に、幾重にも反響する。

腹の底が熱い。

まるで、焼き鏝《ごて》を当てられたような激しい痛みを伴った熱さだ。

だが同時に、その熱い痛みは、繁正の中に一種の快楽をもたらした。感情を爆発させることで、それはどんどんと強くなっていく。

怒りが、憎しみが、身体の中で渦となって暴れる。

いつしか、繁正はそれに身を任せていた。意識がどんどんと薄れていく。やがて、繁正の

中にあった人の部分が暗い闇に呑み込まれた。

――殺生石を手に入れろ。

頭の中で声がする。

――他の者は皆殺しだ。

繁正は、その声に応えるように吠えると、地面を蹴って駆け出した。

八

「これが――那須岳」

一吾は、目の前に聳《そび》え立つ山を見て、思わず声を上げた。

ゴツゴツとした岩肌が剝《む》き出しになっていて、これまで歩いてきた山のような緑は存在していない。

山の斜面のあちこちから、白い煙が噴き出している。

風に乗って、腐臭も流れてくる。おそらくは、硫黄《いおう》の臭いなのだろう。

――この山は死んでいる。

それが、一吾の素直な感想だった。

緑がないだけではなく、動物の気配も感じられない。荒涼としていて、まるで地獄の風景のように思える。

玄通の話では、かつて九尾の狐が、ここに封印されていたというが、この光景を見たら、その話が真実なのだろうと納得できる。

それほどまでに、那須岳は異様な空気を発していた。

「何とか到着したようだな」

矢吉が、へらへらとした笑みを浮かべながら言う。

「本当に辿り着いたのですね」

咲弥が、そっと胸に手を当てて口にする。紫苑は、その隣で目を細めている。

まさかここまで辿り着くことができるとは——。

誰もが、その感慨に浸っていた。

思えば長い旅だった。武田に追われ、百足衆の黒丸や妖魔と激戦を繰り広げた。村上義清《むらかみよしきよ》に咲弥たちが拉致《らち》されたこともあった。

さらには、谷底に転落して一度は離ればなれになりながらも、こうして目的地に辿り着くことができた。

困難であったが故に、余計にここまで来たことに対する達成感があった。

「これで終わりではない」

玄通が厳しい口調で言った。

その目は、一吾たちとは違い、気を緩《ゆる》めてはいなかった。

「え？」

「我々の目的は、那須岳に到着することではなく、那須岳の洞窟の奥にある、封魔の鎚を手に入れることだ――」

玄通が険しい表情のまま、そう続ける。

「そうだったな」

一吾も、表情を引き締めて頷いた。

玄通の言う通りだ。到着しただけで終わりではない。自分たちは、咲弥に宿った殺生石を打ち砕く力を持つという、封魔の鎚を手に入れなければならない。

しかも、玄通の話では、封魔の鎚が安置してある場所には、武田の妖魔など足許にも及ばない魔物が棲《す》んでいるという。

自分たちは、ただ入り口に立ったに過ぎない。むしろ、これからが本当の試練の始まりなのだ。

咲弥と紫苑も、そのことに気付いたらしく、改めて表情を引き締める。

「山の中腹に洞窟の入り口がある。まずは、あそこまで行こう」

玄通が、山の中腹を指差す。

目を向けると、玄通が示したあたりに、巨大な岩が聳え立っているのが見えた。

「分かった」

一吾は力強く応じる。

咲弥と紫苑も、口を引き結んで頷いた。

玄通を先頭にして、山の斜面を登り始める。

岩が剝き出しになっている上に、砂利も多く、ただ歩いているだけで体力を消耗する。

咲弥は、慣れていないせいか、何度も滑り落ちそうになる。その度に、一吾と紫苑が支え、手を貸しながら黙々と登る。

しばらくして、ようやく玄通が指し示したあたりに到達した。

「ここだな――」

玄通が、ふうっと息を吐きながら目の前にある巨大な岩を見上げた。それ自体が山であるかのような、存在感を放っている。

「洞窟があるんじゃなかったのか？」

茶化すように声を上げたのは矢吉だった。

言われてみればそうだ。洞窟があると言っていたのに、目の前には巨大な岩があるだけで、それらしきものは見当たらない。

「洞窟はこの向こうだ」

玄通は巨大な岩に、すっと掌を触れた。

よく見ると、そこには小さく五芒星《ごぼうせい》の印が刻まれている。

「この向こうってのは、どういうことだ？」

一吾が訊ねると、玄通は岩から手をどけ、小さく笑みを浮かべた。

「言葉のままだ。洞窟は、この岩の向こうに続いている。この岩は、洞窟を塞ぐ為の戸のようなものだ」

「戸？」

「ああ。玄翁和尚《げんのうおしよう》が、封魔の鎚をここに安置したあと、この岩を使って洞窟を塞《ふさ》いだのだ」

「どうして、そんなことをする必要があったんだ？」

こんな巨大な岩で塞いでしまっては、中に入ることすらままならない。

「封魔の鎚を守る為だ」

「守る？」

「そうだ。何も、封魔の鎚を欲しているのは、殺生石を砕こうとしている者ばかりではない」

　玄通の話を聞き、一吾はなるほど——と納得した。

「妖魔たちも、封魔の鎚を狙《ねら》っているってことか？」

「そうだ。殺生石を砕かれては困る者たちもまた、封魔の鎚を奪おうとする。だから、玄翁和尚はこうやって封印したのだ」

　——そうか。

　簡単に入れたのでは、妖魔たちに封魔の鎚を奪われてしまうかもしれない。だから、この巨大な岩で封印したというわけだ。

「話は分かったけどよ。これ、どうすんだ？」

　矢吉が、巨大な岩を爪先で蹴りながら言った。

「どういう意味だ？」

　一吾が訊ねると、矢吉は呆れたように「阿呆か」とため息を吐いてから続ける。

「こんな巨大な岩を、いったいどうやってどけるんだ？」

　矢吉がおどけたように両手を広げてみせた。

　まさにその通りだ。

　これだけ巨大な岩だ。ここにいる全員で力を合わせたとしても、到底、動かせるようなものではない。

これを人力で動かそうとしたら、それこそ百人を超える人数が必要になるだろう。

「何か手はあるのか？」

一吾は玄通に目を向ける。

最初から、そんなことは分かっているとばかりに、玄通は、余裕の笑みを浮かべてみせた。

「任せておけ」

そう言うと玄通は、改めて岩の前に立った。次いで何やら印を結び、経文を唱え始める。

一吾はその姿を黙って見守った。

矢吉も口を挟まず、黙って見守っている。咲弥と紫苑も同じだった。

経文を唱えるに従って、玄通の身体が、うっすらと光を帯びていくように見えた。

いや、玄通だけではない。

岩自体も、青白い光を放ち始める。

やがて玄通はかっと目を見開き、「開！」と声を張った。

その途端、ごごごっ――と地鳴りのような音を響かせ、巨大な岩がゆっくりとこちら側に倒れて来た。

このままでは、みんな下敷きになる。

「逃げろ！」

一吾は叫びながら、咲弥の手を摑《つか》んで走った。

何歩か進んだところで、噴火でもしたかのような轟音がして、立っていられないほどに地面が激しく揺れた。

一吾は、咲弥を庇《かば》うようにして、その場に伏せた。

土煙が舞い、ばらばらと音を立てて小石が雨のように降ってくる。

しばらくして、咲弥が「うっ……」と声を上げた。

「大丈夫か？　怪我はないか？」

一吾は、咲弥に声をかける。

咲弥が「はい」と応じたので、一吾はほっと胸を撫《な》で下ろす。

「一吾。血が……」

咲弥に言われて、額のあたりを少し切っているのに気付いた。

だが、出血も痛みもたいしたことではない。

「かすり傷だ」

一吾は、そう答えてから辺りを見回した。

——紫苑や矢吉、それに玄通はどうなった？

まだ砂煙が漂っていて、はっきりとは分からないが、巨大な岩の破片があちこちに転がっていた。

どうやら、あの岩は倒れて砕けたらしい。

「一吾殿！　咲弥様は！」

紫苑の声がした。

見ると、紫苑が血相を変えて駆け寄ってきた。

「無事だ」

一吾が答えると、紫苑はほっと胸を撫で下ろす。

「矢吉と玄通は？」

一吾が訊ねると、紫苑が複雑な顔をしながら首を左右に振った。

もしかして、岩の下敷きに？　最悪の事態が頭を過《よぎ》ったところで、こちらに向かってくる人影が目に入った。

「わしなら、何とか無事だ」

玄通だった。どうやら、事なきを得たようだ。

あとは矢吉だけだ。

矢吉のことだから、そう簡単にくたばるとは思えないが、姿を見るまでは安心できない。

一吾は、必死に辺りを見回す。

「この生臭坊主が！」

矢吉の叫び声が響いた。

見ると、ごほごほと咳をしながら、矢吉が歩み寄ってくるのが見えた。

「矢吉！　無事だったか！」

一吾は歓喜の声を上げる。

咲弥と紫苑も、みなが無事であることに安堵《あんど》したのか、ほっと表情を緩めた。

「当たり前だ！　それより、おい生臭坊主！」

矢吉が、もの凄《すご》い勢いで玄通に詰め寄る。

「何をそんなに騒いでおる」

玄通は、白けたような顔で矢吉に応える。

「何を——じゃねぇよ！　岩が倒れてくるなら、最初からそう言いやがれ！　危うく、死ぬところだったんだぞ！」

矢吉が早口にまくし立てる。

が、玄通はどこか涼しい顔だ。

「そうは言っても、わしも岩が倒れてくるとは思わなんだ」

「何を言ってやがる！　お前がやったんだろうが！」

「わしは、戸を開ける経文を唱えただけだ。どういう開き方をするかなど、知るものか」

「屁理屈を捏《こ》ねやがって！」

「みな無事だったのだから、それで良いではないか」

玄通が声高らかに笑った。

その声に釣られて、咲弥と紫苑が笑った。一吾も、それを見てほっとしたのか、自然と笑みが零れた。

矢吉一人だけが、憮然《ぶぜん》とした顔でため息を吐いた。

「まったく。こんなことなら、ついて来るんじゃなかった」

そう吐き捨てた矢吉だったが、それが本心でないことは、ありありと分かった。

ひとしきり笑ったあと、玄通が「さて——」と声を上げる。

その視線は、さっき巨大な岩が聳え立っていた場所に向けられている。そこには、もう岩はない。

代わりに巨大な穴がぽっかりと口を開けていた。

ごぉっ——と音を立てて、中から風が吹いてくる。

まるで、呼吸をする巨大な生き物の口のように思えた。

「怖《お》じ気づいたのか？」

声をかけてきたのは矢吉だった。

正直、これからこの中に入るのかと思うとぞっとした。自分から、喰われにいくような錯覚さえ感じる。

だが——。

「行く！」

一吾は、力強く答えた。

恐れてなどいられない。この中には、殺生石を砕くことができるという、封魔の鎚があるのだ。

何としても、それを手に入れて、咲弥に宿る殺生石を取り除くのだ。

「いい心がけだ」

矢吉は、笑みとともに、一吾に松明を寄越した。

それを受け取ると、矢吉が火を点けてくれた。一吾は、燃え上がる松明を見て、決意を新たにした。

「では、行くとするか——」

玄通が声を上げる。

一吾は、「おう」と応えると、先陣を切って洞窟の中に足を踏み入れた。

隣に玄通が、すぐ後ろに咲弥と紫苑が並び、矢吉がしんがりを務める。

中は、かなりの広さがあったが、湿気が籠もっていて、ひんやりとしていた。肌寒さを感じるほどだ。

それだけではない。何ともいえない、腐臭が漂っている。

一吾は、松明の明かりを頼りに、慎重に奥へ、奥へと進んで行く。

「ここは自然にできた洞窟ではありませんね」

呟くように言ったのは、咲弥だった。

「どうして、そう思うんだ？」

一吾は、ちらりと振り返りながら訊ねる。

「道ができています」

咲弥の言う通りかもしれない。

もし、ここが自然にできた洞窟であるなら、隆起した岩に阻まれ、まともに歩くこともできないだろう。

誰かが意図的に造った洞穴であるのかもしれない。

だが、それにしては、あまりに大きいような気もする。

「ここを造ったのは、玄翁和尚だ」

口にしたのは、玄通だった。

「本当に造ったのか？」

「そうだ。玄翁和尚は、封魔の鎚を封印する為に、弟子たちを集めて、ここを造らせた。文献には、そう書いてある」

これだけの空間を造るのには、相当な労力を要したはずだ。

ここは、単なる洞窟ではなく、封魔の鎚を安置するための神殿のようなものなのかもしれない。

「待て！」

矢吉が鋭い声を上げた。

それに反応して、一吾は「何だ？」と足を止めた。

「何か、いやがる」

矢吉が低い声で言いながら、入り口の方をじっと見ている。

その声は、怯えに満ちているようだった。

一吾は、矢吉と同じ方向に目をやった。すでに、入って来た入り口の明かりは、届かない。

ただ闇が潜んでいる。

「気のせいではないのか？」

紫苑が首を傾《かし》げる。

「いや、矢吉の言う通り、何かがいる」

玄通が言った。

一吾も、その意見に賛成だった。この暗がりの中では、何も見えないが、確かに何かがいる気配がある。

とてつもなく恐ろしい何か――だ。

「来るぞ！」

矢吉が、忍び刀を抜き身構える。

一吾もそれに倣い、忍び刀を抜いた。

それと同時に、闇の中から、その何かが姿を現わした――。

九

黒丸は、目の前でぽっかりと口を開ける穴を見て、ほくそ笑んだ。

ここが封魔の鎚が封印してあるという洞窟だ。

土竜の話では、かつてこの場所に、九尾の狐が封印されていたという。

いや、それは正確な表現ではない。

朝廷率いる、数万の軍勢に追われた九尾の狐は、この場所で自らの身体を巨大な岩に変化させた。

ただの岩ではない。近付く者たちの命を吸う岩――殺生石だ。

つまり、九尾の狐は封印されたのではなく、力を蓄える為に、自らの意思で眠りについただけだったのだ。

それを知った玄翁和尚が、封魔の鎚を造り出し、その鎚で殺生石を打ち砕いた。

そのとき、殺生石は九つに割れ、各地に飛散した。その一つを、咲弥が宿しているというわけだ。

山本勘助は、九尾の狐の復活を目論み、咲弥を付け狙い、一吾たちは、封魔の鎚を手に入れ、殺生石を打ち砕き、その野望を阻止しようとしている。

「面白いことになってきた」

黒丸はにやりと笑みを浮かべる。

わずか数人で、武田の軍勢を敵に回して戦っているのだ。

おまけに、山本勘助は九尾の狐の手先である妖魔だ。

それでも――一吾たちは抗おうとしている。絶望の中にあっても、希望を見出そうとしている。

黒丸は、その末路を夢想して、また笑みを零した。

任務とは別に、一吾たちがどんな道を辿るのか――それを見届けたいという歪んだ想いが胸の内に広がる。

さっき、一吾たちが、この中に入って行ったのは確認した。

この洞窟がどこにつながっているのかは、定かではない。もしかしたら、行き止まりになっているやもしれない。

無名がいたのなら、入り口に一人見張りを残して行っただろうが、奴らは全員で中に入るという愚行に出た。

これでは、まさに袋の鼠《ねずみ》だ。

やはり無名の不在は、一吾たちにとって致命傷だ。もちろん、黒丸にとっても――。

無名に、この腕の借りを返したかった。

いや、まだ諦めてはいない。任務が終わったあと、見つけ出し、血祭りに上げればいいだけだ。

黒丸は舌舐《したな》めずりをしてから、洞窟の中に足を踏み入れた。

中に入るなり、一気に温度が下がり、息が詰まるほどの腐臭がした。ろくに前も見えない暗がりではあるが、黒丸にとってはさして問題にはならない。

一吾たちとは違い、元々、闇から闇へ転々としながら生きてきた身だ。こういう環境の方が、本来の力を発揮できるというものだ。

黒丸は、気配を消しながらも、素早く洞窟の奥に向かって駆け出した——。

第三章 魔窟

一

一吾は、忍び刀を抜いて身構えた。

それと同時に、洞窟の闇《やみ》の中から姿を現わしたのは、一匹の蜘蛛《くも》だった。

ただの蜘蛛であれば、驚くほどのことはない。だが、目の前に現われたのは、一吾の身体《からだ》と大差ないほどの巨大な蜘蛛だった。

黄色と黒の縞模様の腹は大きく膨らんでいて、縦に裂けた口には、狼のように鋭い牙《きば》がずらりと並んでいる。

凶暴な性質であることが、ありありと窺《うかが》える。

「なっ、何だあれは――」

紫苑は怯《おび》えた声を上げつつも金剛杖《こんごうづえ》を構え、咲弥の盾になるように立った。

「おそらくは、この洞窟に巣食う魔物であろう」

玄通が固い口調で答えた。

この洞窟には、魔物が棲《す》んでいると聞かされていたが、その正体が、この巨大な蜘蛛だったというわけだ。

蜘蛛が、しゃあぁ——と、威嚇《いかく》するような音をたてる。

口から粘着質な液体を滴《したた》らせながら、八個ある目で、じっと一吾を見据えている。

ぞっとするような異様な姿ではあるが、想像を超える何かが行く手を阻《はば》むであろうことは、端から覚悟している。

この程度で、退き下がるつもりはない。

「やあ！」

一吾は、蜘蛛に向かって斬《き》りかかる。

次の瞬間、蜘蛛の姿が一吾の前から忽然《こつぜん》と消えた。

——違う。

消えたのではない。

蜘蛛は、大きく跳躍して、天井に張り付いたのだ。

「上か！」

一吾は上を見上げて身構えたが、手遅れだった。

蜘蛛は尻の先を一吾に向けると、白い何かを吹きつけてきた。

それは糸だった。身体が大きい分、縄ほどの太さがある。

一吾は、粘着質の糸に絡《から》め捕られ、身動きが取れなくなってしまった。

――まずい。

慌てて、忍び刀で糸を断ち切ろうとしたが、思うように腕を動かせない。

強引に力で引き千切ろうと試みたが、とてつもなく硬い上に、粘着するせいで、動くほどに絡まっていく。

「大丈夫か」

玄通が、すぐに一吾に駆け寄ってきた。

だが、それがいけなかった。

蜘蛛は、新たに白い糸を噴き出し、玄通をも絡め捕ってしまった。

「一吾殿！　玄通殿！」

紫苑が駆け寄ろうとする。

「来るな！」

一吾は一喝した。

ここで不用意に近付けば、自分や玄通と同じように、紫苑も糸に絡め捕られてしまうだろう。

何とか自力で糸を断ち切り、反撃に転じるしかない。

しかし、蜘蛛はそんな猶予を与えてくれなかった。

牙を剝《む》き出しにして、天井から落下しながら、一吾に襲いかかってきたのだ。

――やられる！

一吾は思わず顔を伏せた。しかし蜘蛛は一吾に達することなく、後方に弾け飛んだ。仰向けに転がり、足をばたばたと動かしながらもがいている。

その腹には、三本の棒手裏剣《ぼうしゅりけん》が刺さっていた。

「油断してんじゃねぇよ」

矢吉が、にやにやしながら一吾に歩み寄り、忍び刀で糸を断ち切ってくれた。

どうやら、矢吉に救われたようだ。

「別に油断したわけじゃない」

強がってみたものの、矢吉の言う通りだ。

こういう魔物は、何をしてくるか分からない。それ故、人間を相手にするときよりも、慎重にならなければならない。

正面から斬りかかるなど、愚の骨頂だった。

「本当に気をつけろよ。あの蜘蛛は、想像以上に厄介だ」

玄通に絡まった糸を切りながら矢吉が言う。

「でも、もう倒しただろ」

一吾は、腹を上に向けたまま動かない蜘蛛に目を遣《や》りながら言った。

糸は厄介だが、それさえ気をつければ、棒手裏剣で倒せる程度の魔物だ。恐れることはない。

「お前は、本当に何も分かっちゃいねぇな」

矢吉がため息混じりに言う。

「何がだよ」

子ども扱いされたみたいで腹が立ち、ついついむっとした顔をしてしまう。

そんな一吾を見て、矢吉はやれやれという風に首を振ると、蜘蛛の死骸の前まで歩み寄った。

「こいつをよく見てみろ」

言われて、改めて蜘蛛に目を向けると、棒手裏剣の刺さった腹から、鼻を突く、饐《す》えたような臭いとともに白い煙が立ち上っている。

「その煙は何だ？」

一吾が問うと、矢吉は蜘蛛の腹に刺さった棒手裏剣を抜いた。

それを見て、一吾は目を丸くした。

「何だそれ！」

棒手裏剣の先端が溶けてなくなり、そこから白い煙が出ている。

金属の棒が、どうしてつららみたいに溶けてしまっているのか、一吾にはまるで分からない。

「どうやら、こいつらの血は、酸でできているらしい」

矢吉が、棒手裏剣を放り投げる。

「酸だって？」

「ああ。しかも、金属を溶かしてしまうほど強力なやつだ」

「そんな莫迦《ばか》な……」

口にしてみたものの、その証拠が目の前にある。矢吉の言っていることに嘘《うそ》はない。

「お前の刀が、当たらなくて良かったな」

矢吉が皮肉っぽく言った。

言い返してやろうかと思ったが、言葉が見つからなかった。

最初の攻撃が、もし蜘蛛に当たっていたら、返り血を浴びて、一吾自身が溶けていたかもしれないのだ。

これでは下手に攻撃することもできない。

絡みつく糸に、酸の血――矢吉が言った通り、本当に厄介な魔物だ。

「もう、こいつとは出会いたくないものですね」

紫苑が言う。

隣にいる咲弥も、賛同するように大きく頷いた。

一吾も同じ気持ちだった。今回は何とかなったが、次も同じように行くとは限らない。

「そうしたいところだが、どうやら、そうもいかないらしいぜ」

矢吉が不吉なことを言う。

「どういうことだ？」

一吾が問うと、矢吉は「見ろよ」という風に、洞窟の入り口の方に目を向けた。

目に飛び込んで来た光景に、一吾は息を呑《の》んだ。

一吾たちの退路を断つように、蜘蛛がこちらに向かって迫ってくるのが見えた。

それも、一匹や二匹ではない。何十匹という蜘蛛の群れが、地面を、壁を、そして天井を這《は》いながら押し寄せてくる。

――冗談じゃない！

あんな大量の蜘蛛を相手にするなど、命が幾つあっても足りない。

「逃げるぞ！」

矢吉が叫んだ。

その声に、反論する者は誰もいなかった。

二

紫苑は咲弥の手を引き、先頭を行く玄通の背中を追いかけるように必死に走った。

本当なら、この暗い洞窟の先に何があるのか確認しながら進みたいところだ。だが、そんな余裕はない。

今は、背後から迫り来る蜘蛛から逃れるので精一杯だ。

さっと振り返ると、一吾と矢吉の姿があった。そのすぐ後ろから、蜘蛛が迫って来ている。

このままでは、追いつかれるのは時間の問題だ。かといって、立ち止まって闘おうにも、あの大群を相手に、どう立ち回ればいいのか分からない。

蜘蛛の糸に捕まれば、身動きが取れなくなるし、返り血を浴びれば、あの棒手裏剣のように、溶かされてしまうのだ。

玄通は以前に、那須岳の洞窟の魔物を相手にするくらいなら、武田の軍勢を相手にする方が楽だと言っていたが、それは大げさな表現ではなかったようだ。

このような魔物が棲む洞窟で、果たして生きて帰ることができるだろうか？

既に死を覚悟していたはずなのに、今さらになって、そんな考えが浮かんでしまう。いや、それでいいのかもしれない。死んだら守れない。咲弥を守る為《ため》には、生き延びなければならない。無名が紫苑に教えてくれたことだ。

だから――。

「何か手はないのですか？」

紫苑は、走りながら藁にもすがる思いで一吾と矢吉に訊《たず》ねる。

「ないわけじゃない」

答えたのは矢吉だった。

「どんな手です？」

紫苑が問うと、矢吉は苦い顔をした。

「上手くいくかどうかは、五分五分だ。それに……」

そこまで言って、矢吉は言葉を濁した。

「何です？」

「奴らを足止めする必要がある」

「足止め？」

「そうだ。一網打尽にするには、あいつらを一カ所に留《とど》めておかないと駄目だ」

矢吉が渋る理由が分かった。

あの蜘蛛の群れを一時でも足止めをするのは、並大抵のことではない。捨て身の覚悟が必要だ。

「私がやります！」

紫苑は、考えるより先に口にしていた。

「お前はまたそうやって死にたがる」

矢吉から、呆《あき》れた声が返ってきた。

前にも同じことを言われた。臆病者はすぐ死にたがる――と。だが、そうではない。紫苑が、足止め役を買って出たのには理由がある。

「そうだ。足止めなら、おれがやる」

一吾が声を上げる。

「あの魔物を刀で斬るわけにはいかないでしょ」

紫苑は、きっぱりと言った。

「だけど……」

「私の金剛杖なら、斬ることなく相手をすることができます」

それが、紫苑が足止め役を買って出た理由の一つだ。

斬らずに、打つのであれば、奴らの酸の血を浴びることはない。それに、忍び刀より距離を取って闘うことができる。

「なら、おれが金剛杖を使って……」

「もし正気を失ったら、どうするつもりです？」

紫苑が問うと、一吾は口を噤《つぐ》んだ。

酷い言い方だと思うが事実だ。一吾は、弧月に寄生されている。怒りに捉われ、正気を失えば、獣と化してしまうのだ。

理性を失った状態では、足止めは難しいだろう。

「やっぱり、お前には任せられない」

矢吉が紫苑に首を振る。

「私が、死にたがっているからですか？」

「そうだ」

「そうです。紫苑がいなくなったら、私は……」

咲弥もそう言って眉を下げる。

「勘違いしないで下さい。私は、まだ死ぬつもりはありません。矢吉殿を信じているからこそです」

　紫苑の本心からの言葉だった。

「おれを信じているだと？」

「はい。必ず、助けてくれますよね」

　紫苑は、笑みを浮かべながら矢吉を振り返った。

　矢吉は泣き笑いのような表情を浮かべたあと、舌打ちをした。

「分かった。お前に任せる」

「はい」

「少し先に、開けたところがある。あそこで足止めを頼む」

　矢吉が指差しながら言った。視線を向けると、少し行ったところに、広い空間があるのが見えた。

「分かりました。一吾殿。咲弥様を頼みます」

「おう」

　一吾が、紫苑に代わって咲弥の手を取った。

「紫苑、絶対に死なないで下さい」

　咲弥が悲痛な声を上げる。

「分かっています。私は、あなたを守り抜かなければなりません」

紫苑はきっぱりと言った。

不思議な感覚だった。これまでは、その窮地さえ乗り切れれば、自分の命などどうなっても構わないと思っていた。

だが、今は違う。

その瞬間だけ、咲弥を守っても意味はない。紫苑の使命は、咲弥を守り抜くことだ。だからこそ、こんなところでは死ねない。

紫苑は広い空間に出るなり、覚悟を決めて足を止めた。

一吾、咲弥、玄通の三人が洞窟の奥に向かって駆けて行く。矢吉の姿は見えない。おそらく、どこかに身を隠して準備しているのだろう。

「行くぞ」

紫苑は、咲弥たちが走って行った奥の洞窟を塞《ふさ》ぐように立ち、金剛杖を構える。

早速、一匹の蜘蛛が跳び上がるようにして襲いかかって来た。紫苑は、すかさず金剛杖でそれを払う。

蜘蛛は壁に激突して、仰向けに転がった。

だが、休む間もなく次の蜘蛛が襲いかかって来る。

金剛杖を大きく振り回し、三匹まとめて弾き飛ばした。

すると、今度は、天井から二匹降って来た。紫苑は、転がるようにして躱《かわ》しつつ、金剛杖の先端で突く。

ほっとしたのも束の間、背中に飛びつかれた。

身体を揺すって振り落とし、地面に落下した蜘蛛を、金剛杖で力いっぱい叩《たた》いた。

顔を上げると、すぐ目の前に蜘蛛が迫っている。

尻から噴き出した白い糸を咄嗟に金剛杖で防ぐ。危うく、糸に絡め捕られるところだった。

すぐに、目の前の蜘蛛を薙《な》ぎ払ったものの、別の蜘蛛が糸を噴きつけてくる。紫苑は、右腕の動きを封じられてしまった。

――しまった。

必死に、糸を断ち切ろうとしたが、左腕、足と、次々に糸が巻き付いてくる。

あっという間に、紫苑は手足を封じられたばかりか、胴体にも糸が巻き付き、身動き一つ取れない状態に陥ってしまった。

「くっ……」

数十匹の蜘蛛が、わらわらと寄って来て、あっという間に紫苑を取り囲んだ。

——拙《まず》い。

これでは逃げることすらままならない。

もう少し粘れると思ったのだが、こんなにも早く捕まったのでは、時間稼ぎにすらなっていない。

このまま、なぶりものにされながら、この蜘蛛たちに喰《く》われてしまうのか——。

嫌——こんなところで朽ちるわけにはいかない。何としても、咲弥を守り抜かなければならない。

紫苑は、必死に糸を断ち切ろうと身体を動かす。

だが、そうすればするほどに、糸が身体に食い込み、紫苑の身体を締め上げていくようだった。

不意に、蜘蛛たちの動きがぴたりと止まった。

矢吉が何かの策を講じたのかと思ったが、そうではなかった。

蜘蛛の群れをかき分けるようにして、一際大きな蜘蛛が姿を現わした。紫苑の身の丈の倍はあろうかという巨体の蜘蛛だった。

おそらくは、あの蜘蛛が親玉なのだろう。

その巨大蜘蛛は、ずいっと紫苑に顔を近づけ、口を縦に開く。

鋭い牙の並んだ口の奥から、黒い突起物が伸びて来て、紫苑の首に絡まりつく。

ぬらぬらとした嫌な感触が肌を通して伝わってくる。

この蜘蛛が、何をしようとしているのか、何となく察しがついた。

紫苑に卵を産み付けようとしているに違いない。そうして生まれた子たちは、紫苑を餌にするのだろう。

冗談ではない。こんなところで、死んでたまるか――。

懸命に身体を動かし、糸から逃れようとするが、どうにもならない。

あれほど生き延びようと強く願っていたのに、この絶望的な状況に、諦めの気持ちが広がっていく。

自分は、こうも弱い人間であったのか――と情けなくなってくる。

だが――どうせ死ぬなら、弱い人間なりに一矢報いよう。そう覚悟を決めたとき、声がした。

「目を閉じろ！」

待ち望んでいた矢吉の声だ。

紫苑が声に従い、目を閉じるのと同時に、破裂音がして、瞼《まぶた》を閉じていても分かるほど強烈な閃光が放たれた。

矢吉が目眩《めくら》ましの火薬を炸裂させたのだろう。

「逃げるぞ」

耳許《みみもと》で声がした。

目を開けると、すぐ脇に矢吉が立っていた。矢吉は、素早く紫苑に絡みついた糸を断ち切る。

身体が自由になった紫苑は、矢吉に手を引かれるままに駆け出した。

が、蜘蛛たちはすぐに追いかけてくる。

「来い！」

紫苑は矢吉に腕を引かれて、奥の洞窟にある岩陰に身を隠した。

こんなところに隠れたところで、すぐに見つかってしまう。紫苑がそう主張する前に、地面を揺さぶるような爆発音がした。

煙が立ち上り、視界が奪われる中、がらがらと岩が崩れる音がする。

——何が起こった？

紫苑は、目の前の煙を腕で払いながら、何度も噎《む》せ返る。

やがて土煙が晴れて来た。見ると、天井の岩が崩れ、奥の洞窟の入り口が完全に塞がれていた。

どうやら矢吉は、紫苑が足止めをしている間に、天井に爆薬を仕掛け、それを炸裂させることで、洞窟を封じるという強行手段に出たようだ。

一歩間違えば、自分たちが生き埋めになるところだが、矢吉はそのぎりぎりの位置に仕掛けたのだろう。

出会った頃は、逃げてばかりの腰抜けだと思っていたが、本当に大した男だ。

「これで、あいつらも追って来られねぇ」

矢吉が得意げに鼻を擦りながら言った。

三

「紫苑！」

咲弥は、戻って来た紫苑の姿を見るなり、駆け寄って抱きついた。

洞窟全体を揺さぶるような爆発音が聞こえたときには、どうなることかと思ったが、こうして無事に再会できた。

「咲弥様」

紫苑は、柔らかい声で応じ、優しく咲弥の背中を撫《な》でた。

「無事で何よりだ」

矢吉が、肩を竦《すく》めて言った。

相変わらず飄々《ひょうひょう》とした態度ではあるが、その身体も顔も、煤《すす》で黒くなっている。

「ありがとうございます。紫苑を守って下さったのですね」

咲弥が頭を下げると、矢吉が苦虫を嚙《か》み潰したような表情を浮かべた。

「止せよ。礼を言われるようなこっちゃねぇ」

矢吉は当たり前のように言うが、それは並大抵のことではない。

そもそも、旅を始めた頃の矢吉は、どこか他人ごとで、危なくなったら逃げると言ってはばからなかった男だ。

それが、こうして旅を共にしているだけでなく、身を挺して助けてくれている。

元々そういう男だったのか、或《あ》るいは、何かが矢吉を変えたのか――その真の理由は分からないが、今はただ心強かった。

「蜘蛛は、倒したのか?」

一吾が矢吉に問う。

「洞窟を崩しただけだが、奴らは、もう追って来られないはずだ」

矢吉がおどけるように答える。

「さすがだな」

「お前なんかに褒められても、ちっとも嬉《うれ》しかねぇよ」

矢吉が憎まれ口を叩く。

一吾と矢吉のこうしたやり取りを見ていると、何だか年の離れた兄弟のようにも思える。もしかしたら、矢吉を変えたのは一吾なのかもしれない。

「何にしても、ゆっくりはしていられない。先に進もう」

玄通が促すように言った。

「まったく。人使いの荒い坊主だよ」

矢吉はぼやきながらも、玄通と並んで歩き出す。

咲弥は、一吾、紫苑と頷《うなず》き合ってから、そのあとを追って歩き出した。

「なあ。この洞窟は、どこまで続いてるんだ？」

一吾が歩きながら声を上げる。

咲弥もそのことは気になっていた。かなり進んで来たような気がするが、一向に終わりが見えて来ない。

この洞窟は、自分たちを何処に誘おうとしているのだろう？

或いは、光など届かぬ地獄の底なのかもしれない。

「わしにも、詳しいことは分からん」

玄通が、力なく首を振りながら告げる。

「玄通和尚も、ご存じないのですか？」

咲弥は、わずかな驚きとともに聞き返した。

長く殺生石《せっしょうせき》を監視していたという玄通だ。この洞窟に関しても精通しているのかと思っていたが、そうではないということが意外だった。

「うむ。この中が、どうなっているのか、詳しいことは分からん。何が起きてもおかしくない魔窟だ」

「だけど、蜘蛛は片付けたんだから、もう安心だろ」

一吾が明るい口調で言った。

「そうだといいがな」

玄通が、ふと足を止めて呟《つぶや》くように答えた。

今の口ぶり——。

「他《ほか》にも、魔物がいるということですか？」

咲弥は胸に湧き上がる不安とともに訊ねた。

「確かにあの蜘蛛は恐ろしい魔物だ。だが、わしには、どうしてもあの程度で終わりだと思えんのだ」

玄通は不吉な言葉を口にしてから、再び歩き出した。

まだ、あのような物の怪が、この洞窟の中にいるというのだろうか？

もし玄通の言葉の通りだとしたら、自分たちは、それを退けて、封魔の鎚《つち》まで辿《たど》り着くことができるだろうか？

今さらながら、先行きに不安を感じずにはいられなかった。

困難が続く度《たび》に、仲間の誰かが危ない目に遭う。

そうやって、誰かを犠牲にしながら生きて行くのが嫌で、こうして殺生石を砕く旅に出たはずなのに――。

咲弥は、息苦しさを覚えながら胸に宿る殺生石を指で触れた。

つるつるした感触の小さな石。

こんな石の為に、いったいどれだけの命が奪われたのだろう。そして、これからどれだけの命が失われるのだろう。

考えれば考えるほどに、自分の身体が重くなっていくような錯覚に陥った。足が、地面の底に沈んでいくような気さえする。

「待て――」

玄通の声に、咲弥ははっと我に返った。

顔を上げると、洞窟の先に、正方形をした巨大な部屋が広がっていた。これまでのゴツゴツとした岩肌とは違い、綺麗《きれい》に削り取られた滑らかな壁面に囲まれている。

天井は、見上げるほどに高く、ゆうに十間はありそうだ。

奥の壁には、石造りの祭壇のようなものが設けられていた。かなり古いものではあるが、装飾が施されていて、目を瞠《みは》る優美なものだった。

何らかの意図をもって造られた部屋であることは明らかだ。

「凄《すげ》ぇな」

一吾が感嘆の声を上げる。

「この部屋は、いったい何だ？」

矢吉が訊ねたが、玄通は答えることなく、松明を持って壁際まで歩いて行く。

玄通が松明で壁を照らすと、そこに巨大な絵が浮かび上がった。

描かれていたのは、九尾《きゅうび》の狐《きつね》だ——。

巨大な九尾の狐が、逃げまどう人を踏み潰し、辺り一面を炎で焼き尽くしている。まさに地獄絵図のような光景だった。

おそらくは、過去に起きたことを描写したものだろう。

もしかしたら、九尾の狐は、再び、この世を炎で焼き尽くそうとしているのかもしれない。

そう思うと、咲弥は背筋がぞくっとした。

四

黒丸は、慎重に、かつ迅速に洞窟を進んで行く。

さきほど、地面を揺さぶるほどの轟音がした。地震ではない。何者かが、爆薬を炸裂させて、洞窟の一部が崩落したといったところだろう。

ただ、なぜそのようなことを行ったのかまでは分からない。それを確かめる為にも、急がなければならない。

入り口の光は、もうとっくに届かなくなっている。完全な闇だ。だが、黒丸は松明の類いを手にすることはなかった。

そんなものがなくても、闇の中に何があるのかは見通せる。

これまで、黒丸は影の中を歩いてきた。

むしろ、闇の中でこそ、黒丸の本領が発揮されるというものだ。

ふと、黒丸の脳裏にある光景が浮かんだ。それは、幼き頃の記憶だった。

物心ついたときから、黒丸は闘いの中にいた。

誰《だれ》かの命を奪い、また、誰かに命を狙《ねら》われ——殺伐とした世界を生き抜いてきた。

それを、苦痛だと感じたことはない。黒丸にとっては、それが当たり前のことだったからだ。

頼りになるのは、己だけだ。

他人をあてにすれば裏切られ、自らが命を落とすことになる。

故に、お互いを信じて、支え合うように旅を続ける一吾たちの行動は、愚かだと言わざるを得ない。

どんなお題目を並べようとも、極限の状態に置かれれば、誰しも真っ先に己の保身を考えるものだ。

寄り添ったところで意味などない。

むしろ、仲間意識を持つことで油断が生まれ、足を掬《すく》われることにもなりかねない。

「ん？」

黒丸は、足許に転がっている巨大な蜘蛛の死骸を見つけて足を止めた。

大きさや形状からして、ただ巨大化しただけの蜘蛛ではなさそうだ。間違いなく、魔物の類いだ。

腹には棒手裏剣が二本突き刺さっているが、その傷口からは、白い筋状の煙が立ち上っている。

屈み込んで棒手裏剣を引き抜く。

先端が、溶けて殆《ほとん》どなくなっていた。

顔を近づけると、つんと鼻を突き刺すような臭いがする。どうやら、この妖魔の血液には、強い酸が含まれているようだ。

まともに斬ったのでは、あっという間に刀がぼろぼろになってしまう。のみならず、返り血でも浴びようものなら、こちらの身も只《ただ》では済まない。

状況から考えて、一吾たちが、この蜘蛛の魔物に襲われたのは明らかだ。

もしかしたら今頃は、全員蜘蛛にやられているのかもしれない。そうであったとしても、黒丸が気に留めるようなことではない。

それが、あの者たちの運命であったというだけだ。

息を止めて、耳に意識を集中させると、遠くからガサガサと何かが蠢《うごめ》くような音が届いた。

どうやら、この先に、蜘蛛の群れがいるらしい。

黒丸は、小さく笑みを浮かべて立ち上がると、自らの気配を消しながらも、素早く移動する。

――いた。

少し広くなった空間があり、そこに巨大な蜘蛛がわらわらと群がっていた。

洞窟の奥に進もうとしているが、通路が土砂で封じられていた。

どうやら、さっきの震動は、こうやって洞窟を塞ぐことで、蜘蛛の追撃から逃れる為だったようだ。

自ら退路を断つやり方は、決して利口とは言えないが、彼らの腕では、これだけの数の蜘蛛を相手にするのは、かなり難しいだろう。

問題は、どうやって黒丸自身が、その先にいる一吾たちに追いつくか――だ。

洞窟を塞ぐ土砂はどうとでもなるが、蜘蛛の群れをどうにかしなければ先に進むことはできない。

しかし――。

この程度は、黒丸にとって窮地とはいえない。

黒丸は、ゆっくりと通路からその広い空間へと歩み出る。

蜘蛛たちが、黒丸の存在に気付き、一斉にこちらに身体を向けた。

中央には、一際大きな蜘蛛がいる。おそらく、あれは蜂でいうところの女王なのだろう。

黒丸は、にいっと不敵な笑みを浮かべると、クナイを蜘蛛の女王に向かって素早く投げつけた。

投げた二本のクナイは、いずれも蜘蛛の女王の頭部に命中した。

ぎぃぃぃ――。

甲高い悲鳴がこだまする。

それを機に、主を攻撃されたことに怒った蜘蛛たちが、一斉に襲いかかってきた。

黒丸は、次々とクナイを投げ、蜘蛛たちを仕留めて行く。

魔物とはいえ、所詮《しょせん》は徒党を組まなければ、何もできない連中だ。動きを見切るのは容易《たやす》い。

瞬く間に十四ほど片付けたが、数十匹いる蜘蛛の群れからしてみれば、大した被害ではない。

臆することなく、黒丸に向かって来る。

黒丸は、今度は一寸ほどの大きさの玉を次々と投げつけた。

蜘蛛に当たる度に破裂する。

玉の中には、土竜が造った特性の液体が入っている。ただし、クナイと違ってこれで止《とど》めを刺すことはできない。

せいぜい、一瞬、相手の行動を怯《ひる》ませる程度だ。

だが、それでいい――。

黒丸は、ひとしきり玉を投げたあと、小さく笑みを浮かべた。

考えることもなく、本能の赴くままに襲いかかる蜘蛛たちには、己の身に何が起きているのか分かっていないだろう。

「終わりだ――」

黒丸がそう呟くのと同時に、蜘蛛に突き刺さったクナイが、連鎖的に爆発した。

最初に投げたクナイは、只のクナイではなかった。火薬が仕込まれていて、一定時間が経過すると、破裂する仕組みになっている。

次に投げた玉の中に入っていたのは、可燃性の油だ。

クナイの破裂と同時に、その火は油に引火して、蜘蛛たちの身体が次々と燃えていく。その火は、近くにいる別の蜘蛛に燃え移る。

連鎖的に燃え上がった炎は、花火のように蜘蛛たちを業火で包んだ。

個別に行動していれば、こんな憂き目に遭うことはなかった。徒党を組んで、身を寄せていた愚かさが招いた延焼だ。

あとに残されたのは、黒焦げになった累々《るいるい》たる蜘蛛の死骸だった。

黒丸は、蜘蛛の死骸の中を悠々と歩き、洞窟の奥へと辿り着く。クナイの破裂の衝撃で、土砂の一部が崩れていた。

これで一吾たちを追いかけることができる。

まさに一石二鳥だ――。

先に進もうとした黒丸だったが、ふと動きを止めた。

何かが近づく足音を耳にしたからだ。それも、一つや二つではない。幾つもの足音。馬の蹄《ひづめ》の音もある。

武田の追手の軍勢であることは明らかだ。思ったより、到着が早かったようだ。

面白くなってきた――。

黒丸は、陰湿な笑みを浮かべつつ、奥に向かって歩みを進めた。

五

穴山信友は、馬を駆り先陣を走っていた――。

後ろに続くのは、己の配下の者たちではない。山本勘助から与えられた、異形《いぎょう》の兵たちだ。

甲冑《かっちゅう》を纏《まと》っているが、面当てから覗く顔は、継《つ》ぎ接《は》ぎだらけで、土のような色をしている。

口には獣のような鋭い牙が並び、だらしなく涎《よだれ》を垂らしている。

身体からは腐臭が放たれていて、鼻が曲がりそうだ。

そんな者たちが百名――隊列を組んで、信友に続いている。

甲斐の国を出てから、休むことなく走り続けているが、異形の者たちは、誰一人として脱落することなく、黙々とついて来ている。

しかも、この異形の者たちは信友とは違い、馬に乗っていない。

甲冑を纏ったまま、休むことなく走り続けるなど、もはや人の所業ではない。やはり、妖《よう》魔《ま》の類いなのだろう。

できれば、このような者たちと行動を共にすることは、御免被りたいが、こうしなければならないのが現状だ。

納得などしていない。だが、それでも――。

自分は、忠義に厚いと思っていたが、こうして異形の者たちと殺生石を追っているのだから、所詮は外面だけだったのかもしれない。

いや、そうではない。

信友は、首を振って考えを改めた。

何も自分は、勘助に完全に屈したわけではない。そうせざるを得なかったというだけのことだ。

動くのは、今ではない。

そう割り切って、信友は馬を駆る。

やがて、目的地が見えてきた。

那須岳だ——。

青々と緑が茂った山とは一線を画し、岩肌が剝き出しになった、荒涼たる稜線が広がっている。

かつて、この場所で九尾の狐が討伐された。

土竜の見つけ出した文献によると、数万の軍勢が、たった一匹の九尾の狐相手に、全滅しかけたのだという。

信友は、未だに信じられないでいる。たった一匹で、数万の軍勢に匹敵するなど、どう考えてもあり得ない。

だが——。

この場所を目の当たりにして、信友の考えは打ち砕かれたような気がする。

死骸が残っているわけではないし、闘いの痕跡も見当たらない。それでも、この山は異様な空気に包まれていた。

耳を澄ませば、命を落とした兵たちの断末魔が聞こえてきそうだ。

「世迷《よま》い言か……」

信友は、苦笑いとともに、頭の中の考えを振り払い、馬を進めた。

山の麓まで来たところで馬を止める。

付き従っていた異形の者たちも、一斉に足を止めた。隊列は崩れない。統制が取れているのだ。

表向きは、信友が指揮をしているように見えるが、そうではない。

隊列の先頭に、一際大きな身体をした者がいる。深紅の甲冑を纏い、通常の倍はあろうか

という太刀《たち》を背負っている。

左目が潰れているが、開いている右目は、赤く充血していて、異様な輝きを放っている。

異形の者たちを真に統べているのは、この隻眼の者だ。

信友は、馬から降りると、聳《そび》え立つ山を見上げた。

この急斜面だ。馬で登ることはできない。ここからは、徒《かち》での進軍になる。

「行くぞ」

信友は、声を上げてから岩で隆起した山を登り始めた。

異形の者たちも、赤目を先頭に、あとについて来る。

重い甲冑のせいで、信友はすぐに息が上がってしまったが、異形の者たちは、疲れた様子

も見せずについて来る。

本当に恐ろしい者たちだ。

勘助は、いったいどうやってこのような者たちを造り上げたのだろう。そもそも、これだけの兵力をもってすれば、すぐにでも、武田を手中に収めることができるはずだ。

――それなのに、なぜ？

考えたところで結論など出るはずもなかった。

今の信友は、勘助の指示に従うより他に、道はないのだ。

山の中腹まで来たところで、巨大な穴が見えてきた。

辺りには、岩石が転がっている。最近になって、崩落してできた穴であることは、一目瞭然だ。

目当ての物は、この洞窟の奥にあるに違いない。

ふと見ると、足許にクナイが突き刺さっていた。

柄の部分に、文が巻き付けてある。

信友は、それとなくクナイを引き抜き、柄に付いている文に目を通した。暗号で書かれているので、他の者たちが読んでも、意味は分からないだろう。

だが、信友はそうではない。

書かれている内容を読んで、信友はほくそ笑んだ。

「松明を――」

信友が声を上げると、異形の者たちが、次々と松明を持ち、それに火を点ける。

異形の者たちを従えて、信友は洞窟に足を踏み入れた。

六

「何か分かったか？」

一吾は、丹念に壁に描かれた絵を見ている玄通に声をかけた。

この部屋について色々と探ってみたが、どうにも芳《かんば》しい状況にない。

正面の奥に、石で造られた巨大な祭壇らしきものがある。

てっきり、そこに封魔の鎚が安置してあるものと思ったが、それらしきものは見当たらない。

祭壇に、扉のようなものが設えてあったが、押そうが引こうが、びくともしなかった。

もしかしたら、石を組み上げて造ったのではなく、切り出しただけの形ばかりの祭壇なのかもしれない。

出口らしきものも見つからないし、行き止まりの状態だ。

こうなると、玄通に頼るしかない。洞窟の入り口のときのように、経文を唱えたら、扉が開くということもあるかもしれない。

咲弥や紫苑、それに矢吉も同じ期待を抱いたのだろう。玄通を取り囲むように集まっている。

「うむ。色々と分かった」

玄通は、大きく顎を引きながら言う。

「何が分かったんだ？」

「この壁に描かれた絵は、絵巻物になっている。順を追って見ることで、これまでに起こった事実を後世に伝える為のものだ」

玄通が、ぐるりと部屋を見渡しながら言う。

そう言われて、改めて絵に目を向けると、玄通の言う通り、絵巻物のように物語仕立てになっている気がする。

「で、どんな物語なんだ？」

矢吉が、気怠《けだる》げな口調で先を促す。

あまり興味がなさそうな顔をしているが、実際は、そうではないのだろう。眼光は鋭く玄通を見据えている。

「那須で討伐された九尾の狐が、巨大な殺生石になり、それを玄翁和尚《おしよう》が、封魔の鎚で打ち砕いたことは話したな」

玄通の話に一同が頷く。それを確かめるように見回したあと、玄通がさらに続ける。

「ここに記された絵を見ると、どうやら九尾の狐は、九つに割れた殺生石の一つに、己の肉体を紛れ込ませたようだ」

「肉体？」

一吾は首を傾《かし》げる。

「そうだ。その肉体は、どこかの地中深くに眠っているようだ。飛散した殺生石は、肉体を復活させる為の鍵になるらしい」

「鍵？」

「おそらくは、殺生石を宿した者に数多の命を吸わせ、力を蓄えさせたのちに生《い》け贄《にえ》として、九尾の狐の肉体に捧げられる。そうすることで、九尾の狐は復活を遂げるということのようだ」

「な、何だって！」

一吾は、思わず声を上げた。

てっきり殺生石自体が、九尾の狐の分身だと思っていたが、そうではなく、本体は別のところにあるらしい。

殺生石は、九尾の狐を復活させる為の食料のようなもの——ということになる。

だが、そうだとすると、咲弥が殺生石を宿した理由は、他人の命を吸い、九尾の狐の生け贄にされる為だというのか——。

生け贄にされる為に生まれてくるなど、到底受け容《い》れられるものではない。

咲弥は「そうですか——」と呟いたあと、ふっとため息を漏らした。

これまでのことが、走馬灯のように、頭の中を駆け巡っているに違いない。自分に与えられた運命の重さを、改めて実感しているように見える。

「そんなことは、絶対にさせない」

一吾は力強く声を上げた。

「そうです。咲弥様を生け贄になどさせません」

そう応じたのは紫苑だった。

「もちろんだ。そんなことになれば、咲弥の命ばかりか、九尾の狐が現世に復活することになる」

玄通も一際声を張った。

壁画にある物語を見たことで、殺生石を監視し続けてきた者としての、覚悟を新たにしたようだった。

「殺生石が何かは分かったが、この部屋に出口はあるのか？　それに、封魔の鎚はどこにある？」

矢吉が疑問を呈した。

まさに、それが一吾たちが直面している最大の問題だ。

「封魔の鎚が安置してあるのは、あの向こうだ」

玄通が部屋の奥にある、巨大な祭壇を指差した。

「まあ、そうなんだろうけどさ。あの扉は、押しても引いても、びくともしねぇぞ」

矢吉が肩を竦めながら言う。

「分かっておる。ここに、扉を開ける為の経文が書かれている」

玄通は、絵の一部を指でなぞる。

目を向けると、確かにそこには、何やら文字が書かれている。

「だったら、それをさっさと唱えちまえよ」

矢吉が促す。

が、玄通はすぐには応じなかった。難しい顔で、じっと文字を見つめている。

「どうしたんだ？」

一吾が訊ねると、玄通がすっと目を細めた。

「ここには、扉を開ける経文とともに、妙な文言が書かれている」

「妙な文言？」

「そうだ。扉を開きし者は、封魔の鎚を持つに相応しいか、試されるであろう――と」

「どういう意味だ？」

玄通は「分からん」と首を左右に振る。

だが、表情を見る限り、本当は知っているのに、分からないふりをしているように思えた。

「まあ、ここでああだこうだと言っていても、何も始まらねぇ。試されるのは、癪《しゃく》に障るが、そうしないと先に進むことができねぇんだろ」

矢吉がおどけた口調で言った。

その意見には、一吾も賛成だった。

何が起こるのかあれこれ考えたところで、結論は出ない。先に進む方法があるなら、それを試すしかない。

咲弥も紫苑も、同じ考えらしく、じっと玄通を見つめている。

しばらく黙っていた玄通だったが、やがて、ふうっと長いため息を吐《つ》いた。

「そうだな。ここで立ち止まっているわけにはいかんな」

玄通は、独り言のように言うと、そのまま祭壇の前まで歩いて行く。

一吾もそのあとに続く。咲弥、紫苑、矢吉も黙ってついてきた。

祭壇の扉の前に立った玄通は、両手で印を結ぶと、経文を唱え始めた。

ごごごごっ——と音がしたかと思うと、さっきまで、固く閉ざされていた観音開きの石の扉に隙間ができた。

それは、どんどんと広がり、扉がゆっくりと開いた。

びゅうっと一陣の風が吹き抜ける。

熱気を帯びた風だった。

扉の向こうには、漆黒と表現するのが相応しい闇が広がっている。

溢《あふ》れ出るぬらぬらとした嫌な空気が、強烈な腐臭とともに一吾の顔を撫でていった。

ごおう——と地面を揺さぶるような音がした。

風や地面の震動ではない。正体は分からないが、何か巨大な生き物がいることだけは確かだ。

「来るぞ！」

矢吉が放ったひと言で、一吾も素早く身構え、咲弥と紫苑の盾になるように立った。

玄通が、錫杖《しゃくじょう》を構えたまま、じっと闇を注視している。

先には何も見えない。

だが、その深い闇の中に潜む禍々しい何かを、一吾は肌で感じた。

肌が粟立《あわだ》つ。わずかだが指先が震えていた。

これまで、数え切れないほどの死線をくぐり抜けてきた。多くの難敵を相手にしてきたが、今、一吾が感じているのは、それらとはまったく次元の異なる圧倒的な存在だ。

喉を鳴らして、固唾《かたず》を呑んだ。

ずんっ──。

何か、大きな石が落下したような音がした。

いや違う。これは、足音だ。巨大な何かが、こちらに向かって歩み寄って来ているのだ。

ごぉぉぉっ──。

耳をつんざくような咆哮《ほうこう》が轟いた。

大気を震わせるその叫びとともに、闇の中から巨大な何かが突進してきた。

一吾は、咄嗟《とっさ》に咲弥の腕を摑《つか》んで身を躱す。

素早く体勢を整え、目を向けた一吾は、目の前に立つその姿を見て、思わず息を止めた。

そこには、二十尺（約六メートル）はあろうかという巨大な人の姿があった。

ただの人ではない。人の形を成しているが、その肌は岩のようにごつごつと隆起していて、黒く染まっている。

それでいて、身体のあちこちから、赤い炎が漏れていた。

まるで溶岩でこしらえたかのようだ。実際、この巨体を形作っているのは、溶岩なのかもしれない。

それが証拠に、近くにいるだけで、灼熱の炎に晒《さら》されているように熱い。

巨人は、ごぉぉぉっ――と唸《うな》り声を上げる。

それとともに、裂けた口から、ちろちろと炎が漏れた。

「喰らえ!」

矢吉が投げた棒手裏剣が、巨人の額を正確に捉えた。

だが、刺さると同時に、棒手裏剣はどろどろに溶けてしまった。

やはり、あの巨人の身体は、強烈な熱を帯びているようだ。

巨人は矢吉に向かって、右腕を振り下ろす。

矢吉は、素早くその攻撃を躱したが、轟音とともに火柱が立った。そればかりか、床が陥没して、巨大な穴が開いた。

この部屋の下は空洞になっているらしい。

巨人の攻撃を躱すことができたとしても、足場の床を壊されてしまえば、真っ逆さまに転落してしまう。

「こいつは、やばいぜ」

普段、飄々としている矢吉だが、その声は震えていた。

その気持ちは一吾も同じだ。

この巨人を目の前にしては、途中で遭遇した蜘蛛など、ただの虫に過ぎない。

考えている間にも、どんどんと部屋の温度が上昇していく。夏の暑さなどという生易しいものではない。火で炙《あぶ》られているかのように、肌がひりひりとする。

近くにいるだけで、体力を奪われる。

巨人は、一吾たちを一瞥《いちべつ》したあと、大きく息を吸い込み、一拍置いて一気に吐き出した。

その口から吐き出されたのは、紅蓮《ぐれん》の炎だ。

何とか躱したものの、あんなものをまともに喰らったら、瞬く間に黒焦げにされてしまう。

「どうする？」

一吾は、思わず口にした。

打ち倒そうにも、あの灼熱の巨体に、刀では到底歯が立たない。おまけに、ここに留《とど》まっているだけで、熱でやられてしまいそうだ。

玄通の言っていた言葉が身に染みる。

那須岳の魔物に比べれば、武田の軍勢など手ぬるい――まさにその通りだ。

この化け物ならば、たとえ相手が千の軍勢だとしても、紅蓮の炎で焼き尽くしてしまうに違いない。

「ありゃ、いったい何なんだ？」

矢吉が玄通に問う。

「玄翁和尚だ――」

玄通が、悲痛な響きをもった声で答えた。

「何だって！」

驚きの声を上げたところで、巨人がまた火を吐いた。

一吾は、咲弥を連れて逃げる。が、途中で足許がふらつき転倒してしまった。

――やられる！

そう思った刹那《せつな》、紫苑に強く腕を引っ張られ、辛《かろ》うじて直撃を免れた。

「助かった」

「それより、大丈夫ですか？」

紫苑が一吾の腕に目を向ける。

右腕が焼けて、皮膚の一部がべろりと剝《は》げていた。

激しい痛みが襲ったが、今は苦悶している暇はない。一吾は「平気だ」と応じて立ち上がると、玄通に目を向けた。

「玄翁和尚って、どういうことだ？」

さっき、玄通はこの巨人が玄翁和尚だと言った。

玄翁和尚は、封魔の鎚を作り、那須岳にあった殺生石を砕いた人物だ。どうして、その玄翁和尚が、こんな巨人に変貌しているのか？

「壁画に描いてあった。玄翁和尚は、封魔の鎚を守る為に、自らを強力な魔物に変えたのだ――」

「なぜ、そのようなことを……」

咲弥が困惑した顔で言う。

「そうだ。どうして魔物になる必要があったんだよ」

一吾は声を荒らげる。

封魔の鎚を守るために自らを魔物に変える道理などないはずだ。

「封魔の鎚を欲しているのは、何も我々だけではない。九尾の狐もまた、自らの脅威になり得る封魔の鎚を葬らんと狙っているのだ。つまり、九尾の狐が放つ妖魔からも、守らなければばならない」

「だから、自らを魔物に変えた――」

咲弥が驚愕の表情を浮かべながら言う。

「そうだ。今の玄翁和尚には、意思などない。強大な力で、近付く者たちを手当たり次第に殺戮する、凶暴な魔物だ」

玄通の言わんとしていることは分かるが、それでも一吾は納得できなかった。

「九尾の狐から守ることはできるかもしれねぇけど、それを封じようとしているおれたちも、手出しができねぇだろ」

一吾が言いつのると、玄通は哀しげに目を伏せた。

「これは、我々にとって試練なのだ」

「試練？」

「そうだ。玄翁和尚すら倒せぬようなら、たとえ封魔の鎚を手に入れたとしても、九尾の狐に打ち勝つことはできない――」

玄通の言葉が、一吾の胸に重く響いた。

さっき玄通が口にしていた文言が、一吾の脳裏に蘇《よみがえ》る。

――扉を開きし者は、封魔の鎚を持つに相応しいか、試されるであろう。

玄翁和尚は今から何百年も前に、九尾の狐が復活することを想定していた。

だからこそ、並々ならぬ覚悟で、自らの命と引き替えに魔物となり、未来の自分たちに希望を託したのだ。

「つまり、やるしかねぇってことか――」

一吾は覚悟を決め、そう口にした。

太刀打ちする術を思いついたわけではない。ただ、ここで逃げれば、玄翁和尚が未来に託した希望を、踏みにじることになる。

何としても、自分たちは玄翁和尚を倒して、封魔の鎚を手に入れなければならない。

「こんな奴と正面から闘うなんて、莫迦のやることだな」

矢吉が舌打ち混じりに言った。

「逃げるっていうのか？」

一吾が詰め寄ると、矢吉はふんっと鼻を鳴らした。

「当たり前だ」

「ここまで来て、逃げられるか――」

一吾は、そう言って矢吉を睨《にら》み付けた。

今の玄通の話を聞いて、逃げるという選択はあり得ない。何としても、ここで踏み留まり、この魔物を倒して封魔の鎚を手に入れる。

「相変わらず、何も学んでねぇな」

矢吉が嘲《あざけ》るように言う。

「何？」

「お前、こいつを倒さないと、封魔の鎚が手に入らないとか思ってるだろ」

「だってそうだろ」

「それが学んでねぇって言ってんだ」

「どうしてだ？」

「逃げるって言っても、外にじゃねぇ。あっちに逃げるんだよ」

矢吉は、そう言って巨人が出て来た扉の奥を指差した。

それだけで、一吾は矢吉の意図を察した。つまりは、玄翁和尚を倒すことなく、この奥にある封魔の鎚を手に入れて、逃げ出そうという算段のようだ。

「だけど、それじゃ試練が……」

「お前は真面目過ぎんだよ。おれたちには、おれたちの闘い方がある。正面突破だけが正しいってわけじゃねぇだろ」

「そうだな――」

玄通が、矢吉の言葉に応じた。

「だけど……」

反論しようとした一吾を制したのは紫苑だった。

「矢吉殿の言う通りです。何も、正面突破だけが全《すべ》てではありません。私たちのやり方で、試練を乗り越えればいいのです」

力強く言う紫苑を見て、一吾ははっとさせられた。

これまでの紫苑は、どこか自分の命を軽んじているところがあった。咲弥を守る為に、いつ死んでもいいと思っていた節がある。

だが、今は違う。咲弥を守る為に、何としても生き残ろうとしている。だからこそ、矢吉の言葉に乗ったのだ。

ある意味、一吾も同じだ。

命を賭して咲弥を守ろうと誓い、ここまで突っ走ってきた。だが、命を捨ててしまっては、それ以上、守ることができない。

そんな当たり前のことを教えてくれたのは、誰あろう矢吉だったのかもしれない。

「分かった。扉の奥に行こう。だけど、どうやって――」

それが問題だ。

魔物と化した玄翁和尚が、すんなりと先に行かせてくれるとは、到底思えない。

「わしに考えがある――」

口にしたのは、玄通だった。

七

「凄《すご》いものだな」

穴山信友は、兵たちを連れて洞窟の中に足を踏み入れた――。

おそらく、この洞窟は自然にできたものではない。何者かによって人工的に造られたものだ。

これだけ天井が高く、長い洞窟を掘るなど、相当な労力が要ったはずだ。

松明の明かりを頼りに洞窟を進むと、一際広い空間に出た。

信友は目の前に広がる光景に息を吞んだ。

そこには、黒焦げになった蜘蛛の死骸が、無数に転がっていた。しかも、ただの蜘蛛ではない。

猪《いのしし》ほどはあろうかという巨大な蜘蛛だ。

おそらくは、物の怪《け》の類いだろう。こんなものが、洞窟の中をうろついているとは――信友の想像の範疇を超えた何かが蠢いているのかもしれない。

信友は蜘蛛の死骸を乗り越え、先に進もうとしたが、奥へと通じる通路の前には、瓦礫《がれき》が折り重なっていて、先に進むことができなくなっていた。

幸いにして人手はある。瓦礫を崩して奥に進むことを考えたところで、ふと妙なものに気付いた。

瓦礫の一部が、わずかに崩されていた。

並の人間ならば、こんな隙間を通ることはできない。だが、あの男――黒丸であれば話は別だ。

と、その隙間の脇に、クナイが一本突き立てられているのが目に入った。

信友は、瓦礫を確認するふりをしながら、それとなくクナイを引き抜いた。

案の定クナイには、文が結びつけられていた。

黒丸が残したものだろう。

素早く開いて目を通す。

暗号で書かれた文章を一読して内容を理解した信友は、笑みを噛み殺し、従えている異形の兵たちに向き直った。

「これ以上、先へは進めぬ。他の道を探すぞ」

信友はそう言って、来た道を引き返し始めた。

異形の兵たちは、一人一人がとてつもない力を秘めている。その上、信友を監視する役割も担っているのだろうが、唯一の欠点は、考える力が弱いことだ。

いくら強靭《きょうじん》な肉体であっても、思考しないのであればいかようにでもなる。

それが証拠に、誰も信友の言動に口を挟まなかった。

そもそも、人の言葉が喋《しゃべ》れないだけかもしれないが、異形の兵たちは、大人しく信友の指示に従った。

目先のことに捉われてはいけない。

今は、耐えるときだ。

信友は、自らに言い聞かせながら、歩みを進めた――。

八

「考えって何だ？」

一吾は、玄通に訊ねた。

玄通は不思議な術を使う。これまで、何度もそれに助けられてきた。

巨大な魔物と化した玄翁和尚を前にした一吾たちに、はっきり言って打つ手はない。玄通の術が、唯一の望みである気がした。

「少しばかり時間を稼げるか？」

玄通が問いかけてきた。

「またそれかよ。毎度、毎度、おれたちを囮《おとり》にしやがって」

矢吉がため息混じりに言う。

そう言いたくなる気持ちは、分からないでもない。玄通の術は、実行するまでに酷く時間がかかる。

その間、誰かが囮にならなければならないというのが常だ。

「仕方なかろう。強力な術ほど、時間がかかる」

玄通が苛立《いらだ》たしげに応じる。

「やるしかねぇ！」

一吾は、力強く叫んだ。

本音を言えば、玄翁和尚を相手に、どれだけ時間が稼げるか分かったものではない。だが、今は他に方法がない。

矢吉も、同じ結論に達したのか「分かったよ」と気怠げに同意した。

「紫苑。咲弥を頼む」

一吾は、咲弥を紫苑に託すと、一気に駆け出した。

走りながら、近くにあった岩を拾い、それを玄翁和尚に投げつけた。

岩は玄翁和尚の顔に命中したが、微動だにしなかった。だが、それでいい。そもそも倒そうなどとは思っていないのだ。

玄翁和尚は、一吾に身体を向けると、ごぉぉぉっ——と地響きのような声を上げた。

そのまま、一吾に向かって突進してくる。

まともに喰らえば、一瞬にして押し潰され、灰と化すだろう。だが、獣のように直線的な動きだ。

相手をしっかりと見ていれば、恐れることはない。

一吾は身を翻してその攻撃を躱す。

玄翁和尚が、壁に激突する。

がらがらと音を立てて壁が崩れ、炎が舞い上がった。

これを繰り返していけば、時間を稼げると思ったが、事態はそんなに甘くない。

さっきまでより、周囲の温度が上がっているような気がする。このままでは、蒸し焼きになってしまう。

とはいえ、他に手があるわけでもない。

「どうした。こっちに来いよ」

一吾は、再び岩を拾って投げつけると、玄翁和尚を挑発した。

玄翁和尚が、紅蓮の炎を吐き出す。

一吾は地面を這うようにして駆け、何とかその炎を躱した。

しかし、玄翁和尚は休む間もなく一吾に突進してくる。逃げようとしたが、岩に躓《つまず》き姿勢を崩してしまった。

――しまった！

そう思った瞬間、玄翁和尚が動きを止めた。

見ると、その目には棒手裏剣が突き刺さっていた。

「まったく。そんなんじゃ、命が幾つあっても足りねぇぞ」

矢吉だった。

棒手裏剣は、すぐに熱で溶けてしまったが、矢吉は構わず棒手裏剣を投げ続ける。

玄翁和尚の攻撃対象が、矢吉に変わった。

口から炎の息を漏らしながら、矢吉に向かって突進していく。

一吾は立ち上がると、抱えるほどの大きさの岩を持ち上げた。以前なら、これほどの大きさの物を持ち上げることはできなかった。おそらく、弧月が身体に寄生しているせいで、常人ならざる力を宿しているようだ。

一吾は、その岩を玄翁和尚の背中に投げつけた。

岩は砕けたが、玄翁和尚はまったくの無傷だ。それでも、玄翁和尚の怒りの対象を、再び一吾に向けることができた。

玄翁和尚が、ごおぉぉおっ――と火を放つ。

一吾は、必死に逃げる。

すると、再び矢吉が棒手裏剣を放ち、玄翁和尚の注意を自らに引きつける。

矢吉と上手く連携が取れているが、悠長に構えてはいられない。

部屋の温度が上昇しているせいで、いつもより体力の消耗が激しい。このままでは、幾らも保たない――。

「おい！　おっさんまだか！　もう、保たねぇ！」

矢吉が声を上げる。

見ると、矢吉は脇腹のあたりに怪我を負っているようだ。逃げている最中に、どこかに打ち付けたのだろうか。

これ以上は限界なのかもしれない。

だが、玄通は印を結びながら、経文を唱えていて、矢吉に答えようとしない。

そのやり取りの一瞬の隙を突かれた。

玄翁和尚が、矢吉に襲いかかる。

――やばい！　やられる！

一吾は、矢吉を助けようと駆け出したが、お互いに別方向から玄翁和尚を翻弄していたことが災いした。

どう足掻《あが》いても間に合わない。

「矢吉！」

一吾の叫びが、虚しく響く。

玄翁和尚の拳が矢吉に向かって振り下ろされようとしたまさにそのとき、玄通がかっと目を見開いた。

「縛！」

玄通が叫ぶと同時に、玄翁和尚の動きがぴたりと止まった。

どうやら、ぎりぎりのところで間に合ったらしい。

「今のうちに行け！」

玄通が声を上げる。

一吾は素早く咲弥と紫苑に視線を送った。

紫苑は大きく頷くと、咲弥の手を引いて扉の奥に向かって駆け出した。

一吾も、そのあとに続いたのだが、戸口のところで矢吉と玄通がついて来ていないことに気付いた。

「矢吉！」

一吾は、じっと立ったまま動かない矢吉に声をかける。

「先に行ってろ」

矢吉は戸口を指し示しながら答える。

「怪我でもしているのか？」

「そうじゃない。玄通のおっさんだ」

「玄通がどうかしたのか？」

「多分、玄通のおっさんは、術を使っているうちは動けないんだよ」

一吾ははっとした。

言われてみればさっきから、玄通は玄翁和尚に手を翳《かざ》したままぴくりとも動かない。おそらく、動けば玄翁和尚も、解放することになってしまうのだろう。

口にはしなかったが、玄通はこうなることを知っていたはずだ。つまり、自らの命と引き替えに、一吾たちを先に行かせようとしたのだ。

「何とかして助けるぞ」

「そのつもりだ」

一吾の言葉に、矢吉が応じる。

とはいえ、具体的に何か策があるわけではない。どうしたらいいんだ？

「あそこを見ろ」

矢吉が、床に開いた穴に目を向ける。

玄翁和尚が、拳を振るって開けた穴だ。

「あの穴がどうかしたのか？」

「まったく、お前は察しが悪いな。穴の使い道なんて、一つしかねぇだろ」

矢吉の言葉に、一吾もその意図を察した。

つまり、玄翁和尚を穴に落としてしまおうということだ。だが、その方法には一つ問題がある。

「どうやって、あんな巨体を落とすんだ？」

最初に開いた穴は、玄翁和尚が落ちるほど大きくない。それに、あそこまで誘導するのは、至難の業だ。

「自分で開けてもらおうじゃねぇか――」

矢吉は、火薬玉を三つほど取り出し、それをお手玉のように弄《もてあそ》びながら言った。

――なるほど。

そうと決まれば、やることは明確だ。

一吾は、素早く駆け出し、動けなくなっている玄翁和尚の前に立った。

ちらりと目を遣ると、矢吉は玄通の方に駆け出していた。

「おい！　でくの坊！　悔しかったら、おれを殺してみろ！」

巨体を見上げながら、一吾は挑発する。

言語を理解しているかどうかは分からないが、身振り手振りを交えたので、嘲りは伝わっただろう。

玄翁和尚がギロリと一吾を睨み付ける。

だが、一吾はその目を見ても不思議と恐いとは思わなかった。

玄翁和尚は、好き好んでこのような魔物に成り果てたのではない。未来を託したからこそ

――なのだ。

だからこそ、一吾たちはここで退くわけにはいかない。

「一吾！　行くぞ！」

矢吉の声がした。

一吾が「応」と答えるなり、玄翁和尚の身体が動いた。玄通が、術を解いたのだ。

「どうした！　さっさと来いよ！」

一吾の挑発に反応した玄翁和尚は両手を組み、大きく振り上げた。

巨大な両の拳《こぶし》で、一吾を粉砕しようとしているのだ。

両腕が振り下ろされる寸前、一吾は素早く駆け出し、その攻撃を躱した。

渾身の鉄鎚が振り下ろされ、床が爆《は》ぜる。

床にひびが入り、がらがらと一部が崩壊したが、玄翁和尚を落とすまでには至らなかった。

玄翁和尚は、逃げ出した一吾に目を向け、襲いかからんとする。

その時矢吉が、すかさず火薬玉を玄翁和尚の足許に投げつけた。

炸裂した火薬玉は、床に大きな穴を開けた。一気に、床が崩壊する。

玄翁和尚は、何とか這《は》い上がろうとしたが、吸い込まれるように、転落していった。

「お前にしちゃ、上出来だ」

矢吉が声をかけてきた。隣には、玄通の姿もある。

どうやら、二人とも無事だったらしい。一吾は、ほっと胸を撫で下ろした。

九

「まったく、大した男だ――」

玄通は、隣にいる矢吉に目を向けた。

正直、玄翁和尚が魔物と化した姿を見て、到底太刀打ちできないと思った。だから、咲弥たちを先に行かせ、自分は足止めをする道を選んだのだ。

その結果、死ぬことも覚悟していた。

だが、矢吉の策によって、こうして生きながらえている。

「止せや。気持ちが悪い」

矢吉が迷惑そうに顔を歪《ゆが》めながら、虫を追い払うように手を振った。

「何が気持ちが悪いものか。わしは、思うたままのことを言っているだけだ」

「だったら、おれも思ったまま言わせてもらうが、自分が死ぬことを前提にした策は、愚策なんだよ。それじゃ、一吾や紫苑と変わらん」

普段、飄々としている矢吉にしては珍しく、視線が鋭く、言葉にも熱が入っていた。

「そうだな」

玄通の口から、思わず笑みが漏れた。

矢吉の言う通りだ。使命感に駆られたと言えば聞こえはいいが、自らの命を粗末に扱っていては、人を救うことなどできない。

「とにかく行こうぜ」

矢吉が歩き出した。玄通もそれに続く。

少し離れたところにいた一吾と合流して、扉の向こう側に向かって歩みを進めた。

「気をつけろよ」

矢吉が、足を止めて松明で足許を照らす。

暗くて気付かなかったが、ここは石で造られた橋になっていた。幅はそれなりにあるが、下を覗き込んで見ると、底が見えないほど深い。

こんなところに落ちたら、ひとたまりもない。

「咲弥たちは大丈夫なのか？」

一吾が、不安げに声を上げた。

知らずに踏み込んだ咲弥たちが、転落していないとも限らない。

「一吾！」

そんな不安をかき消すように、咲弥の声が響いた。

見ると、向こうから松明の明かりが近付いて来るのが見えた。どうやら、咲弥たちも無事だったようだ。

咲弥は、一吾の姿を見つけるなり駆け出してきて、一吾に抱きついた。

あとから追いかけてきた紫苑が「無事で何よりです」と安堵《あんど》の表情を浮かべる。

その姿を見て、玄通は改めて自分の生を実感した。

殺生石を監視する玄通寺の和尚として、九尾の狐の復活を阻止することを命題にここまで歩んできた玄通だったが、一吾と咲弥を見ていると、別の感情が湧き上がってくる。

この二人に、平穏な日常を与えてやりたいという親心のようなものだ。

九尾の狐の復活を阻止するという大義こそが優先されるべきだが、それでも、こんな過酷な旅を続けていると、わずかでも未来に託す希望が欲しくなる。

一吾と咲弥は、その象徴なのかもしれない。

紫苑も同じことを考えているらしく、目を細めて二人を見守っている。

「いつまで、そうしているつもりだ？　さっさと行くぞ」

矢吉が一吾の尻を軽く蹴った。

が、そこに悪意はない。それが証拠に、矢吉の目は弟を見守る兄のようだった。

「行こう」

　一吾が、そう応じ、一行は奥に向かって歩き始めた。

　橋は老朽化していて、あちこち崩れていた。注意を怠れば、そのまま転落してしまいそうだ。

　おまけに、終着点がまるで見えない。闇が深いせいもあるが、この先にあるのは、黄泉《よみ》の国なのではないかと思えるほどだ。

「どこまで続いているんだ？」

　一吾が、嘆息しながら口にする。

「知らねぇよ」

　ぶっきらぼうに答えた矢吉が、ぴたっと足を止めた。

　鼻をくんくんとひくつかせる。

　何かを察したらしい。一吾と紫苑も、同じことを感じたらしく、矢吉を注視する。

「まったく、しつこい野郎だよ」

　矢吉が苦々しい口調で言いながら振り返った。

　明かりが見えた。

　あれは、紅蓮の炎――。

「何と――」

玄通は、思わず声を上げた。

床下に転落させたと思っていたが、どうやら玄翁和尚は、そこから這い上がってきたらしい。

ある程度幅があるとはいえ、こんな橋の上であのような魔物に襲われては、逃げ場はどこにもない。

「走るぞ！」

矢吉が、一気に駆け出した。

一吾と咲弥、そして紫苑が続き、しんがりを玄通が務めた。

玄翁和尚がもの凄い勢いで突進してくるのが、振り返るまでもなく分かった。橋が大きく震動し、がらがらと音を立てながらあちこちが崩壊していく。

このままでは、やがては追いつかれる。それだけではない。橋自体が崩落することも考えられる。

――このままでは拙い。

そう思った矢先、矢吉が足を止めた。

「どうした？」

玄通が声をかけると、矢吉はにいっと口許に笑みを浮かべる。

「おれに策がある」

矢吉が自信たっぷりに言う。

「策？」

「そうだ。あんたたちは先に行け。ここにいられると邪魔だ」

矢吉は笑みを浮かべたまま答える。

が、玄通は矢吉のその表情に違和感を覚えた。

もしかしてこの男は、自らの命を犠牲に、一吾たちを助けようとしているのではあるまいか？

「わしも、協力しよう」

玄通が口にすると、矢吉がふんっと鼻を鳴らして笑った。

「阿呆か。あんたがいたら邪魔だって言ってんだよ」

「しかし……」

「悪いが、おれは死ぬつもりはない。この狭い足場だからこそ、できることがあるって言ってんだ」

矢吉が早口に言う。

「どんな策だ？」

「説明している余裕はねぇ」

矢吉がみるみる近づく炎に包まれた玄翁和尚に目を向けた。確かに、幾何《いくばく》の猶予もない。

「行け！」

矢吉が、もう一度鋭く叫ぶ。

「分かった。死ぬなよ」

一吾は、矢吉の言葉を信用したらしく、咲弥を連れて駆け出していく。紫苑も、迷いながらも、そのあとに続く。

「あんたも行け——」

矢吉が、顎《あご》を振って促す。

「死ぬでないぞ」

「やばくなったら逃げるさ」

矢吉は、おどけたように肩を竦めてみせた。

玄通は「分かった」と応じ、ぽんぽんと矢吉の肩を叩いてから駆け出した。

——本当に、矢吉に策はあるのだろうか？

走りながら、玄通は一度だけ振り返った。その背中は、何も語らなかった。今は、ただ信じるしかなかった。

十

「さて――どうしたもんかね」

矢吉は、迫り来る炎を見つめながら呟いた。

策があると豪語したものの、そんなものは嘘っぱちだ。なぜ、そんな嘘を吐いてまで、一吾たちを行かせたのか、矢吉自身よく分からなかった。

自ら犠牲になろうとした玄通を断じたばかりなのに、今まさに、自分は同じことをしようとしている。

以前の矢吉なら、考えられないことだった。

――おれは、どうしちまったんだ？

矢吉は、自らの変化に驚きを感じてはいたが、不思議とそれが心地よくもあった。

今は、あれこれ考えていても仕方ない。

「さあ来い！　化け物！」

矢吉の言葉に呼応するように、玄翁和尚が咆哮しながら炎を撒き散らした。

大きく飛び上がってそれを躱した矢吉は、持っていた火薬玉を投げつけた。破裂音とともに火薬玉が爆ぜる。

だが、玄翁和尚は平然としている。

やはり、この程度の火薬では、大した傷を負わせることはできないらしい。おまけに、火薬玉はさっきので最後だ。

残っているのは、忍び刀と棒手裏剣が少し。それと、縄の付いた鉤爪《かぎづめ》くらいだ。

全身を溶岩で包まれたこの化け物が相手では、どれも大して役に立ちそうにない。

いっそ、ここから逃げ出そうかとも思った。だが、そんなことをすれば、一吾たちがたちまち玄翁和尚の餌食になるだろう。

格好付けてみせたのだ。少しくらいは足止めをしないと——。

考える間もなく、玄翁和尚が拳を振り下ろしてくる。

素早く後方に飛び退いて躱したものの、爆炎が舞い上がり、橋の一部が崩落した。

このままでは、やがて矢吉も橋の下に転落することになる。

——参ったな。

矢吉は、内心で呟きながら棒手裏剣を投げつける。

命中はしたものの、刺さった先から、熱でどろどろと溶けてしまった。

玄翁和尚が、ずんっと足を踏みならす。

たったそれだけで、橋が大きく揺さぶられた。矢吉は体勢を崩し、跪《ひざまず》いてしまう。

ごぉぉぉっ――――！

玄翁和尚が、大気を震わせるような咆哮を上げながら、矢吉に向かって拳を突き出してくる。

逃げようとしたが、さっき体勢を崩したせいで、反応が遅れた。

――これまでか。

矢吉は、自らの死を覚悟した。

本当に情けない。調子のいいことを言っておきながら、足止めすらろくにできないとは――。

だが、それでも不思議と後悔の念は湧かなかった。

誰かの為に生きるというのが、こうも満たされた気持ちになるものだとは、思いも寄らなかった。

もしかしたら、矢吉はずっと誰かに必要とされたかったのかもしれない。

だとしたら尚《なお》のこと、こんなところで、簡単に朽ち果てるわけにはいかない。最期の最期まで、あがいてみせる。

矢吉は、忍び刀を構えた。

通用しないことは百も承知だ。だが、せめて一太刀——。

矢吉が斬りかかろうとしたまさにそのとき、玄翁和尚の背後から、黒い何かが飛び上がった。

黒装束を身に纏った男——黒丸だった。

黒丸は、玄翁和尚の後頭部の辺りに、義手になっている右腕を突き出す。

——何をする気だ？

そう思っている間に、黒丸の義手の先端が爆ぜ、鉄砲のように何かが撃ち出された。

直撃を喰らった玄翁和尚の巨体がぐらつき、跪いた。

黒丸は、そのまま玄翁和尚の身体を飛び越え、矢吉の隣に着地する。

「お前は……」

矢吉は、驚きの声を上げた。

——なぜ、黒丸がここにいる？

しかも、矢吉を助けるような行動を取った理由も分からない。

黒丸は、矢吉の困惑を知ってか知らずか、にいっと口の端を吊《つ》り上げて笑った。

そういえば、この男は咲弥と紫苑が異形の兵に襲われたときも、助けに入った。いったい何を目的にしている？

「もう少しできる奴《やつ》かと思っていたが、この程度で怯むとは、たいしたことないな」

黒丸が嘲るように言った。

矢吉は、呆気に取られた。残虐で容赦のない黒丸が、こんな軽口を叩くのが意外だった。

「どういう風の吹き回しだ？」

矢吉が訊ねると、黒丸がすっと目を細めた。

「お前が知る必要はない」

今の口ぶり――やはり武田も一枚岩ではないということなのだろう。

「まさか、お前さんに助けられるとはな……」

「助けたつもりはない。ただ、あの化け物は、一人では少々骨が折れる。手伝わせようと思っただけだ」

手伝わせるとは――。

「何か策があるのか？」

「当然だ。そうでなければ、わざわざ出て来たりはしない」

黒丸が舌舐《したな》めずりをした。

この男の真意は分からないし、いけすかない奴ではある。だが、今は、黒丸の策とやらに乗るのが得策だろう。

そうこうしているうちに、玄翁和尚がゆらりと立ち上がった。

「どうするんだ？」

矢吉が問うと、黒丸が目配せをした。

それだけで、矢吉は黒丸の意図を察した。妙な感覚だった。敵同士だったはずなのに、今は共闘しようとしている。

そればかりか、黒丸の考えを瞬時に察することができてしまうとは——自分でも驚きだった。

黒丸が大きく飛び上がり、玄翁和尚にクナイを投げつける。

三本投げたクナイの全てが命中したが、その程度で倒れないことは分かりきっている。黒丸は、矢吉が動く時間を稼ぐ為に、囮になっているのだ。

違った出会い方をしていたら、この男とは、案外気が合ったかもしれない——。

矢吉は、頭に浮かんだ妙な考えを振り払い、縄の付いた鉤爪を取り出した。ただの縄ではなく、金属が一緒に織り込まれている。強度は、相当にあるはずだ。

矢吉は、黒丸が注意を引いている間に、玄翁和尚の足に鉤爪を投げ、縄を足に巻き付けていく。

準備が整ったところで、黒丸に合図を送る。

黒丸は小さく頷くと、玄翁和尚の背後に回り込み、その背中に向かって義手を突き出す。

義手の先端が爆ぜる。

玄翁和尚は、体勢を崩して前のめりになった。

矢吉は、間合いを見計らって鉤爪の付いた縄を強く引いた。

縄が玄翁和尚の足に絡まる。

玄翁和尚は、体勢を立て直すことができずに、頽《くずお》れた。

そのまま、巨大な身体は、橋から転落していく。

見事に作戦が成功した。

底が見えないほどに深い谷だ。ここから落ちれば、ひとたまりもないはずだ。

矢吉は、ほっと胸を撫で下ろした。

一時はどうなるかと思ったが、黒丸の登場により一気に形成が逆転した。

が、その安堵が油断を生んだ。

落下しながら、玄翁和尚が橋にしがみつこうと暴れた。

その拍子に、矢吉の足許が崩れる。

――しまった！

そう思ったときは遅かった。

矢吉は、崩落する足場とともに、真っ逆さまに谷に転落していった――。

――情けない。こんな終わり方ってあるかよ。

矢吉は、内心で呟いた。

だが、重力に引かれるように落下する身体を止める術はなかった。

橋の上から矢吉を見下ろしている黒丸と目が合った。

愚か者の愚かな結末を、嘲るような笑みを浮かべていた。

このあと、黒丸は、一吾たちを追いかけるのだろう。せめて、そのことだけでも一吾たちに伝えたかったが、この状況ではどうにもならない。

重力に逆らうことができず、矢吉はただ、底の見えない闇の中に墜ちて行った――。

第四章　喪失

一

石造りの橋を走っていた一吾は、はたと足を止めて振り返った――。

「どうしたのですか？」

隣にいた咲弥が、不安げな表情を浮かべて訊《たず》ねてくる。

紫苑と玄通も、一吾の許《もと》に歩み寄ってきた。

微《かす》かにではあるが、矢吉の叫び声を聞いた気がした。だが、そのことを口に出す気にはなれなかった。

足止めを買って出た矢吉だったが、あれほどの化け物を相手に、どう立ち回るつもりなのか、一吾には皆目見当がつかなかった。

もしかしたら――。

そう思う気持ちはある。しかし、あの矢吉が、何の策もなく残るはずがない。

矢吉のことだから、一吾など思いもよらない方法で、あの化け物を食い止めているに違いない。

そう思っているにもかかわらず、心の奥に嫌な予感が付きまとう。

「何かあったのか？」

玄通が、いつまでも口を開かない一吾に、焦れたように声をかけてきた。

「いや。何でもない」

一吾は、笑みを浮かべながら首を振ってみせた。

矢吉のことは気になる。だが、ここで引き返せば、それこそ足止めを買って出た矢吉の想《おも》いを無にすることになる。

それに——ここで、矢吉を信じられなければ、一吾の中にある不安が現実のものになってしまうような気がした。

「何でもない」

一吾は、もう一度言ってから駆け出した。

咲弥、紫苑、玄通の三人は、釈然としないという表情を浮かべながらも、黙ってあとに続いた。

もしかしたら、みな同じ不安を抱えているのかもしれない。

だが、それを口に出すことなく、走り続けている。みな、矢吉のことを信じているのだ。

——矢吉。必ず追いつけよ。

一吾は、心の内で強く念じながら走った。

しばらく行くと、橋は終わりを告げ、広い空間に出た。

一吾は足を止めて、松明を翳《かざ》す。

闇《やみ》の中から、石造りの巨大な祭壇が浮かび上がってきた。

古びて、あちこち欠けてはいるが、豪華絢爛な装飾が施されていて、見る者を圧倒する迫力がある。

「ここだ――」

玄通は恍惚《こうこつ》として、祭壇を見上げた。

「凄《すご》い」

紫苑が、驚愕の表情を浮かべながら口にする。

咲弥は胸にある殺生石《せっしょうせき》に手を当て、呆然《ぼうぜん》としている。

「ここに、封魔の鎚《つち》があるのか？」

一吾が訊ねると、玄通が大きく頷《うなず》いてみせた。

それを見て、一吾にもようやく実感が湧き上がってきた。

長い旅だった――。

思いがけず咲弥と出会い、旅を始めた。

武田の軍勢に追われ、白い獣と闘い、親代わりだった真蔵が命を落とした。一度は、心が折れた一吾だったが、無名の言葉に再び立ち上がった。

数々の妖魔《ようま》と闘い、村上の兵に囚われたこともあった。一吾自身、弧月に寄生され、正気を失ったりもした。

だが、今、こうして封魔の鎚の在処《ありか》まで辿《たど》り着くことができた。

封魔の鎚が手に入れば、咲弥に宿った殺生石を砕くことができる。そうなれば、この長い旅も終わりを迎える。

妙な気分だった。

過酷を極めた旅ではあったが、これで終わると思うと心の底にぽっかりと穴が空《あ》き、大切な何かが零《こぼ》れ出ていくような気になる。

「一吾……」

咲弥が、そっと一吾の腕に触れた。

目には、涙が満ちている。

一吾は、その顔を見て、笑みを返した。

咲弥は生まれながらに人の命を喰《く》らう殺生石を宿し、過酷な運命に身を置いてきた。その苦痛は、一吾などが容易に想像できるものではない。

そんな咲弥の為《ため》にも、早く封魔の鎚を手に入れ、殺生石を砕き、その運命から解放してやらなければならない。

「行こう」

一吾が力強く言うと、紫苑と玄通が大きく頷いた。

祭壇の正面には、階段がある。おそらく最上段に、封魔の鎚が祀《まつ》られているのだろう。

一吾は咲弥の手を引きながら、一歩、一歩、踏みしめるように階段を上った。

一段上るごとに、熱い気持ちがこみ上げてくる。

一吾の手を握る咲弥の手にも、ぎゅっと力が込められていく。

やがて、祭壇の最上部に辿り着いた。

円形の台座が置かれていて、その上に石像が建っている。

想像でしかないが、それはおそらく、玄翁和尚《おしょう》の姿を模したものなのだろう。大きく右腕を振り上げていて、装飾の施された木の棒が握られていた。

それだけだった――。

「封魔の鎚はどこだ？」

一吾は、辺りを見回しながら玄通に訊ねる。

玄翁和尚の石像はあるが、肝心の封魔の鎚が見当たらない。

「な、何ということだ……」

それが、玄通の答えだった。

弱々しく震える声を聞き、一吾の中にある不安が、一気に膨らんだ。

「何か問題があるのか？」

一吾が、再び訊ねる。

玄通は、それに答えることなく、屈《かが》み込むようにして、台座の周辺にある石の破片のような物を拾い集めている。

――いったい何をしているんだ？

「なあ。封魔の鎚はどこにあるんだ？」

一吾は、玄通の行動が理解できず、焦燥感を抱きながら訊ねた。

玄通は拾い集めた石の破片を、ずいっとみんなに見えるように差し出してきた。

「これが、封魔の鎚だ――」

玄通の言葉の意味が、すぐには理解できなかった。

だが、じっと石の破片を見ていて、次第に状況が吞《の》み込めてきた。

石の破片だと思ったものは、よく見ると鉄片だった。鋼の類いだろう。つまり、砕けたこの破片こそ、封魔の鎚であったものなのだ。

玄翁和尚の像が握っている木の棒は、鎚に付いていた柄の部分だった。

「ちょっと待て。どういうことだよ」

一吾は、思わず声を上げた。

自分でも驚くほどに声が震えていた。だが、そうなるのも当然だ。あれほどの思いをして見つけた封魔の鎚が砕けていたなど、到底受け容《い》れられるものではない。

これまでの旅が、まったく意味がなかったということになってしまう。

「原因は分からないが、封魔の鎚は、砕けてしまっていたようだ……」

「そんな……」

咲弥が、崩れるようにその場に座り込んでしまった。

紫苑はただ呆然と立ち尽くしている。

「そんなの納得できるかよ！　おれたちは、何の為にここまで来たんだ！」

一吾は、怒声を上げながら玄通に突っかかった。

玄通は無表情のまま、じっと一吾を見返したあと、「すまぬ――」と呟《つぶや》くような声で言った。

ここで玄通を責めたところで、何の意味もない。

玄通は、一吾たちを騙《だま》そうとしたわけでもないし、封魔の鎚が壊れていたのは、玄通の責任でもない。

玄通も、一吾たちと同じように、この場所に希望があると信じていたのだ。

一吾はその場に座り込んでしまった。

唯一の希望が絶たれ、この先、自分たちはいったいどうしたらいいのか？

いくら考えても、その答えを見出《みいだ》すことはできなかった。

ただ、この洞窟のように闇に支配されていた。

二

玄通は、掌《てのひら》にある破片をただじっと見つめた——。

封魔の鎚が、このように砕け散っていようとは、夢にも思わなかった。

殺生石を砕いた玄翁和尚は、自らの姿を、あのような炎の魔物に変えてまで、封魔の鎚を守り続けた。

九尾《きゅうび》の狐《きつね》が復活の兆しを見せたとき、それを打ち砕く唯一の望みを後世に残す為に——。

それなのに、その希望が砕け散ってしまっていた。

玄翁和尚の想いは、無に帰してしまった。

こうなってしまっては、自分たちが九尾の狐に抗《あらが》う術《すべ》はもはや何もない。九尾の狐が、現世を紅蓮《ぐれん》の炎で染め上げるのを、黙って見ているしかない。

あまりに無力だ。

それを実感するのと同時に、がくっと力が抜け、片膝を突いて項垂《うなだ》れた。

掌から封魔の鎚の破片が滑り落ちた。

失意に暮れているのは、玄通だけではなかった。一吾も、咲弥も、紫苑も、みな表情を失い、ただ呆然としている。

この状況においては、それも仕方のないことだ。

暗い闇の中で、出口を見失った今、自分たちにできることは、ただ死を待つことだけなのか。

——捨てるな。

不意に、玄通の耳に声が届いた。

慌てて顔を上げ、辺りを見回した。声を発したのは、一吾たちではない。そもそも彼らには、声が聞こえていないようだ。

近くに誰《だれ》かいるのかと思ったが、それらしき姿は見当たらない。

——我が意志を継ぐ者よ。

再び声がした。

玄通は、ようやく声の出所を見出した。

玄翁和尚を模して作られたと思われる石像だ。石像が口を動かせるわけはないし、声を出すことができるわけでもない。

それでも──あの石像が発しているのだと玄通には分かった。それが証拠に、玄翁和尚の石像が、わずかにではあるが、青白く発光しているように見える。

──道は必ずある。どんな状況にあっても、望みを捨てるな。

語りかけるように声が続く。

──しかし、私たちには、もう抗う術がありません。

玄通は、心の内で答えた。

──お主たちが屈すれば、それは即ちこの世の終焉《しゅうえん》を意味する。

玄翁和尚の声が重く響く。

確かにそうだ。ここで諦めるということは、自分だけの問題に留《とど》まらない。

やがては、この世を呑み込む大きな災厄となるのだ。だが──。

──どうすればよいのです？

望みを捨てるなと言われても、封魔の鎚は壊れてしまっているのだ。自分たちに何かできるとは、到底思えない。

──道はある。望みを捨てるな。

その言葉を最後に、玄翁和尚の石像から、ふっと光が消えた。

答えは自分で探せということか？　そもそも、答えなどあるのか？

「重いな……」

玄通は、思わず口にした。

自分たちが背負わされた運命は、あまりに重い。だが、それでも——ここで諦めれば、この世は九尾の狐によって滅ぼされてしまうだろう。

「重いが、立つしかあるまい」

玄通は声に出しながら立ち上がった。

どんなに絶望的な状況にあろうと、命果てるその瞬間まで、抗い続ける。それが、人の本懐というものだ。

玄通は、落ちている封魔の鎚の破片を、一つ一つ拾い、布の袋に詰めていく。

「何をしてんだ？」

一吾が、生気のない目で訊ねてきた。

「直す方法があるかもしれん」

実際、そんな方法があるのかどうか、玄通にも分からない。だが——何もしないよりはいい。

今は、この破片をかき集めることが、希望につながる気がした。

「やれるだけのことをやる。それだけだ」

玄通がそう続けると、一吾が一瞬、驚いたように目を丸くした。

しばらく、じっと玄通を見ていた一吾だったが、やがてふっと笑みを漏らした。

「そうだな」

一吾は、そう応じると、玄通に倣《なら》って封魔の鎚の破片を拾い始めた。

その姿を見て、玄通は目を細めた。

どうやら一吾も、この絶望の中にあっても、前に進むという選択をしたらしい。

一吾の行動に触発されたように、咲弥と紫苑も動き出した。その目には、さっきまでのような悲壮感はない。

少しばかり直情的なところがあるが、こうやって知らず知らずのうちに他者を巻き込んでいってしまうのが、一吾の凄いところだ。

やはり、未来を担うのは、一吾のような若者なのだろう。

もしかしたら、玄翁和尚も、同じ気持ちを抱きながら、自らを魔物に変えたのかもしれない。

――我が意志を継ぐ者よ。

玄翁和尚の言葉が、脳裏に蘇《よみがえ》る。次の担い手に託した想い、無駄にはできない。

決意を新たにした玄通は、封魔の鎚の破片を集めた袋を、一吾に手渡した。

「お前が持っていろ」

「何でおれが？」

一吾が、不思議そうに首を傾《かし》げる。

「いいから持っていろ」

玄通が、ずいっと袋を突き出すと、一吾は戸惑いながらもそれを受け取った。

「それで、これからどうするんです？」

紫苑が訊ねてきた。

「まずは、ここから出よう。話は、それからだ」

玄通が応じると、みな異論はないらしく、大きく頷き返してきた。

引き返し、石造りの橋を渡ろうとしたときだった。ごごごっ――という轟音とともに、橋が大きく揺れた。

次の瞬間、がらがらと音を立てて橋が崩れ落ちてしまった。

これでは戻ることができない。

いや、それだけではない。相変わらず地震のような震動は続いている。

上から次々と岩が降ってくる。

どうやら、この洞窟全体が崩壊を始めているようだ。

だが、逃げようにも、橋はもうない。

――この期に及んで、まだ試練を与えるのですか？

玄通は、崩れ始めた玄翁和尚の石像を睨《にら》み上げながら、心の内で呟いた。

三

「早く逃げましょう！」

紫苑は、悲痛な叫び声を上げた。

上から岩が降り注ぎ、足許の岩盤も、がらがらと音をたてて崩壊し始めている。このままここにいては、やがては押し潰されるか、奈落の底に転落するかのいずれかだ。

「逃げるって、どこに？」

一吾が、辺りを見回しながら問いかけてくる。

まさにその通りだ。ここまで歩いて来た石橋は、すでに崩落してしまっている。奥に逃げようにも、ここは行き止まりだ。

完全に、祭壇に取り残されてしまっている。

ただ、死を待つしかないのか――。

紫苑の中に、口惜しさが広がっていく。唯一の希望を見出し、ようやくここまで来たというのに、頼みの綱の封魔の鎚は壊れていた。

のみならず、このまま洞窟の崩壊に巻き込まれて死んで行くというのか？

これでは、何の為にここまでやってきたのか、まるで分からない。

紫苑は、絶望とともに玄翁和尚の石像を見上げた。首の部分に亀裂が走り、そのまま巨大な頭部が落下してきた。

潰される――そう思った瞬間、誰かに突き飛ばされ、直撃を免れた。咲弥だった。

「咲弥様――」

「すみません。私のせいで、こんなことに……」

咲弥が、悔しさに表情を歪《ゆが》めながら言った。

この状況下で、誰よりも辛い思いをしているのは、咲弥に違いない。自分さえいなければ、こんなことにはならなかったと、己を責めているはずだ。

支えなければ。そう思った。

ここで諦めてしまっては、咲弥の苦しみを増大させるだけだ。何としても、ここから生きて出なければ――。

その強い想いが、紫苑の中で膨らんでいった。

――だが、どうすれば？

「こっちだ！」

紫苑の耳に、一吾の声が届いた。

一吾は、完全に倒壊してしまった玄翁和尚の像の台座のところに立ち、手招きするようにして声を上げている。

目を向けると、一吾の足許にぽっかりと穴が空いていて、地下へと通じる階段が延びていた。

玄翁和尚の石像が倒れたことで、隠し通路が現われたようだ。

だが、そもそもあの通路は、いったいどこにつながっているのか？

疑問はあったが、今はそれを考えている余裕はない。ここに立ち止まっていては、ただ死を待つばかりだ。

わずかな希望ではあるが、それにすがるしかない。

「行きましょう！」

紫苑は、咲弥の手を取って駆け出した。

一吾に続いて階段を駆け下りる。すぐあとから、玄通もついて来た。

激しい震動で、何度も転げ落ちそうになりながらも、必死に暗い階段を下りて行く。この階段が、どこに通じているのかは分からないが、生き残る為の唯一の光であるように思えた。

しばらくして、階段は終わり、細い通路へと出た。

人が一人、やっと通れるほどの狭い通路だ。

一吾は、ずんずんと奥へ進んで行く。通路の行き着く先を確かめたいところだが、震動は相変わらず続いていて、通路自体がいつ崩落するか分かったものではない。

だが、進むしかない。

紫苑も、咲弥と頷き合ってから、一吾のあとに続いた。

曲がりくねった通路を進んで行くうちに、方向感覚が麻痺してきた。

それでも、奥に進み続ける。

ただでさえ暗いのに、土煙が充満していて、ろくに前を見ることすらできない。

どれくらい進んだのだろう。一吾が、不意に足を止めた。

出口に差し掛かったのかと思ったがそうではなかった。通路が行き止まりになっている。

いや、そうではない。

木の梯子《はしご》が、真っ直《す》ぐ上に向かって延びているのが見えた。

終わりが見えないほどの長い梯子だ。

「行くしかねぇな」

一吾は、きっと表情を引き締めてから、梯子を上り始めた。

紫苑は先に咲弥に梯子を上らせ、そのあとに続いた。そして玄通が続く。

洞窟全体が震えたせいで何度か梯子から振り落とされそうになったが、必死にしがみついてそれを堪えた。

無我夢中だった。

ただ、生きたいという衝動に突き動かされながら、懸命に梯子を上る。

やがて、梯子は終わりを告げ、広い空間に出た。

見覚えがある。

ここは、洞窟の入り口付近だ。

遠くに、微かではあるが、外の光が見えた。

どうやら、元の場所に戻って来ることができたようだ。

「休んでいる余裕はない！　行くぞ！」

一吾が鋭く声を上げる。

確かに、安堵《あんど》している場合ではない。相変わらず、天井からは岩の塊が降って来ている。

間もなく、この辺りも崩落してしまうだろう。

紫苑は、咲弥の手を取り、一吾の背中を追って駆け出した。

倒れ込むようにして、洞窟から飛び出した。

振り返ると、轟音とともに土煙が舞い、完全に洞窟の入り口が塞《ふさ》がってしまった。

「危なかったな」

玄通が、額に浮かぶ汗を拭《ぬぐ》いながら言う。

紫苑は大きく頷いた。

本当に間一髪だった。あと少し、遅れていたら、自分たちは洞窟の中で生き埋めにされていただろう。

生き残ったという実感を噛《か》み締め、紫苑は大きく息を吐《つ》いた。

緊張が緩《ゆる》むのと同時に、心の中に引っかかっていた疑問が、一気に湧き上がった。

「矢吉殿は、逃げられたのでしょうか？」

矢吉は、石橋の上で化け物と化した玄翁和尚の足止めをするという役を買って出てくれた。が、今ここに矢吉の姿はない。彼は、無事に洞窟の崩落から逃げおおせることができたのだろうか？

「大丈夫に決まってるだろ」

一吾が、胸を張り、遠くを見るように目を細めた。

「え？」

「矢吉が、この程度で死ぬわけないだろ。そのうち、ひょっこり顔を出すさ」

一吾が小さく笑う。

それは、根拠のない願望ではなく、心の底から矢吉を信じている言葉だった。紫苑も、その言葉を信じようと思った。

もし、疑ってしまったら、矢吉はもう二度と戻って来ない――そんな気がした。

「それで、これからどうします？」

紫苑は立ち上がりながら訊ねた。

何とか生き残りはしたものの、武田の追手も迫っているだろうし、いつまでもここに留まっているわけにはいかない。

「どうやら、手遅れだったようだ……」

玄通が苦い顔で言った。

一吾も、何かを察したらしく、固い表情で辺りを見回す。

――何かいるのか？

紫苑の疑念に答えるように、岩の陰から、次々と甲冑《かっちゅう》を着けた人が姿を現わした。

那須岳に来る途中、紫苑たちを襲った、異形《いぎよう》の兵たちだ。

しかも、その数はみるみる増え、瞬く間に百人を超える兵たちに囲まれてしまった。

前回相手をしたときは、十人かそこらだった。それでも、その猛攻を凌《しの》ぐだけで精一杯だった。

それが、これだけの数となると、とても太刀打《たちう》ちできない。

紫苑は咲弥を庇《かば》うようにしながら後退《あとずさ》りする。だが、すぐに洞窟を塞ぐ土石に阻《はば》まれてしまった。

四

「くそっ……」

一吾は、自分たちを取り囲んでいる兵たちを見て吐き捨てた。

いくら何でも、分が悪すぎる。

闇雲に剣を振り回したところで、これだけの数が相手では到底敵わない。

ただ、妙ではあった。すぐに襲いかかってくることはなく、兵たちはじっと距離を保ち、誰かの指示を待っているようだ。

——何なんだ？

やがて、一人の男がずいっと前に歩み出て来た。

他の者たちとは、着けている甲冑が違う。おそらく、この男が兵たちの首領なのだろう。

異形の兵を率いているのだから、てっきり妖魔の類いだと思ったが、意外にもその男は人間らしかった。

「武田家の家臣、穴山信友と申す——」

男は、声高らかに告げる。

武田であることは、だいたい分かっていたが、こうやって名乗りを上げている理由が一吾には分からなかった。

「いったい、何の用だ？」

一吾は、真っ直ぐに穴山と名乗った男を見据える。

「封魔の鎚なる物を持っているな。それを渡してもらおう」

穴山が、すっと手を差し出した。

「欲しけりゃくれてやるよ」

一吾は、挑戦的に言いながらも、周囲を見回す。

まともにやり合って勝てる数ではないが、隙を突くことができれば、咲弥を連れて逃げ切ることくらいはできるかもしれない。

「壊れちまってるけどな」

一吾は、そう続けると、封魔の鎚の欠片が入っている袋を足許に落とした。

穴山は一吾を牽制しながら、刀を使って袋を開き、中を覗き込む。一吾の言葉の通り、壊れてしまっている封魔の鎚を見て、ふっと息を漏らすように笑った。

「嘘《うそ》ではないようだな」

「ああ。これで気が済んだだろ。さっさとその薄気味悪い連中を連れて、帰ってくれ」

一吾が鋭く言うと、穴山は小さく首を振った。

「残念だが、それはできない」

「なぜだ？」

訊ねながらも、一吾はその理由が分かっていた。

「私の役目は、封魔の鎚を手に入れること。そして――殺生石を宿した姫を、連れ帰ることだ」

穴山が、冷たい目を咲弥に向けた。

やはりそうだ。この男たちは、咲弥の殺生石を狙っている。何とかして、突破口を見つけて、逃げるしかない。

だが――どうやって？

いくら考えを巡らせてみても、これだけの数を相手に、咲弥を連れて逃げる方法が思いつかない。

無名や矢吉なら、何かしらの策を講じてくれたかもしれないが、今この場所にはいないのだから、あてにできない。

――どうする？

一吾が考えている間に、穴山が「捕らえろ」と声を上げた。

それを合図に、百名を超える異形の兵たちが、じりじりと距離を縮めてきた。

こうなったらもうやるしかない。

一吾は忍び刀を抜き放った。紫苑と玄通も、各々咲弥を守れる位置に立ち、構えを取る。

だが――。

まともにやり合ったところで、結果は火を見るより明らかだ。

いや、今は、そんなことを考えているときではない。こうなってしまった以上、やるしかない。

「うおぉ！」

先手必勝、一吾が斬りかかろうとしたところで、獣の咆哮《ほうこう》が空気を切り裂いた。

――何だ？

新たな敵かと思ったが、一吾を取り囲む異形の兵たちも、なにごとかと辺りを見回している。

と、次の瞬間、白い体毛に覆われた、巨体が姿を現わした。

かつて、咲弥の家臣だった男――繁正。今は、山本勘助により、体内に弧月を埋め込まれ、白い獣と化し、殺生石をひたすらに追い求めている。

吊《つ》り橋から転落し、死んだと思っていたが、そうではなかったようだ。

恐るべき生命力だ――。

白い獣は、一吾の親代わりであった真蔵を殺した憎むべき相手でもある。これまで、その姿を見ただけで憤怒の感情が湧き上がってきたのだが、今は、そうした感情が芽生えることはなかった。

おそらく、一吾自身が繁正と同じように、体内に孤月を宿しているからだろう。

一吾は、玄通の術によって、人の姿を保っているに過ぎない。そうでなければ、繁正のように、咲弥に襲いかかっていただろう。

一吾は、繁正と自分とを重ねていた。

考えを巡らせている間にも、白い獣は、その巨体を猛進させ、異形の兵たちを弾き飛ばしながら、真っ直ぐ咲弥に向かってくる。

敵も味方もない。ただ、身体の内側から溢《あふ》れ出る怒りに身を任せて、手当たり次第に薙《な》ぎ払う。

その姿は――憐《あわ》れだ。

「その獣を押さえろ！」

穴山が下知《げち》を飛ばす。

異形の兵たちは、突然の乱入者である白い獣に襲いかかる。

白い獣は、巨大な爪を振るい、視界に入るものを片っ端から薙ぎ倒していく。

「一吾！」

玄通が声を上げた。

説明されずとも、その意図を察した。乱戦となったこの隙に、逃げ出そうということだろう。

異論はない。逃げるなら、今しかない。

「咲弥！」

一吾は、咲弥の手を取って駆け出した。

紫苑と玄通も続く。

「逃がすな！」

穴山が、すぐに一吾たちの動きに気付いて声を上げる。

異形の兵の幾人かが、白い獣から一吾たちに標的を変えて襲いかかってくる。

「どけ！」

一吾は、忍び刀を振るい、異形の兵たちを蹴散らす。

まともに百人を相手にしたのでは、瞬く間に返り討ちにされていただろうが、白い獣のおかげで活路を見い出せるかもしれない。

どす黒い血が飛び散り、土煙が舞う中、一吾は、ただ無我夢中で忍び刀を振るった。

あと少し――。

もう少しで、包囲網を突破できる。

「小僧――残念だったな」

不意に、背後から声がした。

さっと血の気が引く。聞き覚えのある、陰湿な声――。

この声は――。

黒丸だ――。

すぐに振り返ろうとしたができなかった。首筋に、冷たい刃の感触があったからだ。

「ぐっ……」

「残念だが、ここまでだ——絶望しろ」

黒丸が笑みを含んだ声で言った。

まるで、一吾の表情が苦悶《くもん》に歪むのを楽しんでいるかのようだった。

黒丸の恐ろしさは、身をもって知っている。だが、ここで退くわけにはいかない。

たとえ、首を刎《は》ねられようとも、黒丸に一矢報いて、咲弥だけでも逃がそう。一吾は、覚悟を決めると、振り向きざまに忍び刀を振るった。

しかし——。

手応えはなかった。

それればかりか、黒丸の姿が忽然《こつぜん》と消えていた。

——どこだ？

一吾が、黒丸の姿を捜そうとしたときには、もう遅かった。

いつの間にか右側に立っていた黒丸は、一吾の手から、瞬く間に忍び刀を奪い取ってしまった。

「往生際が悪いな」

黒丸が、にいっと笑う。

「黙れ！」

一吾は、無駄だと分かっていながら、素手で黒丸に殴りかかる。

が、ひらりと身を躱《かわ》されてしまった。

黒丸の義手が伸びて来て、一吾の喉元をがっと摑《つか》み上げた。

ぎりぎりと、強烈な力で締め上げられ、息が止まる。

「無駄なことは止めろ。お前たちは、もう負けたんだ」

黒丸が、ちらりと白い獣の方に視線を向けた。

釣られて目を向けると、白い獣は、異形の兵たちによって取り押さえられていた。さらに、残った兵たちがじりじりと一吾たちを包囲している。

千載一遇の機会を、活かすことができなかったようだ。

こうなっては、もはやどうにもならない。

悔しいが、黒丸の言う通り、自分たちは負けたのだ。その現実が、重く身体にのし掛かってくる。

「ごめん……咲弥……」

一吾は、絞り出すように言った。

口にするのと同時に、絶望からくる虚脱感に支配されていく。

「いい顔だ。そのまま死ね――」

黒丸が、ぎらついた目を細めながら言う。

「一吾を放して！」

咲弥が、小刀を抜き、黒丸に突進する。

「止せ！」

一吾の叫びは、届くことはなかった。

黒丸は、小刀の切っ先が届く前に、咲弥を蹴り倒してしまった。

「咲弥様！」

弾き飛ばされた咲弥の許に、紫苑が駆け寄る。

それを見て、一吾の腹の底が、かっと熱くなった。

強烈な怒りだ。

節々が軋《きし》み、めきめきと音を立てながら筋肉が隆起していくのが分かった。

――怒りに捉われるな。

遠くで、誰かの声がした。

一吾の体内には、繁正と同じように弧月が巣食っている。怒りに身を任せれば、同じように白い獣と化す。

だが——。

たとえ自らが、繁正と同じように、白い獣と化そうとも、黒丸を打ち倒し、咲弥たちを逃がすことができるのだとしたら、それでいい。

「一吾殿、いけません」

紫苑が、一吾の変化を感じ取り、駆け寄ってくる。

「邪魔だ」

黒丸は、紫苑に容赦なく棒手裏剣を投げつけた。

棒手裏剣は、紫苑の額に命中した。紫苑は、弾けるように後方に倒れたまま動かなくなった。

よくも紫苑を——。

一吾の中にある怒りが、一気に沸点を超えた。

「うおぉぉ！」

一吾は内包する怒りを爆発させるように吼えた。

「そうはさせせんよ」

黒丸は、全《すべ》てを察したように笑うと、左腕に持った長い針を、一吾の延髄《えんずい》に突き立てた。

その瞬間、一吾の意識はぶつっと途絶え、暗い闇の中に落ちていった——。

五

咲弥が意識を取り戻したときには、すでに捕縛されていた——。

その上、異形の兵たちに取り囲まれていて、もはや抗う術はどこにもなかった。

咲弥だけではない。玄通も、同じように捕縛され、身動きが取れない状態になっていた。

玄通は、すでにあらゆることを諦めてしまったのか、抗うことなく、虚《うつ》ろな目で空を見上げている。

少し離れたところには、白い獣と化した繁正の姿もあった。

全身傷だらけで、幾重にも縄を巻かれて拘束されている。時折、咆哮を上げながら身体を捩《よじ》っている。

だが、それは、運命に抗おうとしての行動ではない。

咲弥から、殺生石を奪う。その使命に突き動かされた衝動のようなものに過ぎない。繁正には、もはや己の意思はないのだ。

それを思うと、胸が苦しくなり、咲弥は堪らず視線を逸らした。

そこで、咲弥は肝心なことを思い出した。

――一吾と紫苑は？

一吾を助けようとして、黒丸に突進したところまでは覚えている。そのあと、すぐに気を失ってしまった。

一吾と紫苑は、無事に逃げることができたのだろうか？

「一吾！　紫苑！」

二人の姿を捜して視線を走らせる咲弥の前に、黒丸が立ち塞がった。

黒丸は、獲物を狙う蛇のような目で咲弥を見据える。吊り上がった口許には、薄らと笑みが浮かんでいた。

その顔を見て、咲弥は血の気が引いた。

ここにこうして黒丸がいるということは――その先のことを考えるのが、恐ろしくなった。

「奴らは死んだ」

黒丸が、ねっとりと絡《から》みつくような口調で言った。

「嘘です」

咲弥は、すぐに頭を振った。

そんな話は信じられないし、信じたくもない。一吾と紫苑が死ぬなんて、絶対にあり得ない。

黒丸は、嘘を吐いて咲弥を混乱させ、楽しんでいるだけだ。

「嘘ではない。あれを見ろ」

黒丸が、咲弥の前から身体をずらし、すうっと少し離れた場所を指差した。

咲弥の目に、残酷な現実が飛び込んできた。

一吾と紫苑が、倒れていた。

ぐったりとしていて、ぴくりとも動かない。

「一吾！　紫苑！」

すぐに駆け寄ろうとしたが、異形の兵たちによって押さえつけられてしまった。

二人とも、ぐったりしていて、ぴくりとも動かなかった。

身体が震えた。

二人ともまだ生きている。そう思おうとしたが、そうするほどに目の前の現実が咲弥の心を引き裂き、言い知れない虚脱感が広がっていく。

こうならない為に、必死に抗ってきたはずなのに、その想いは儚《はかな》くも消え去ってしまった。

「連れて行け」

穴山が無慈悲に告げる。

異形の兵たちが、咲弥と玄通を担ぎ上げた。

「一吾！　紫苑！　お願い、目を覚まして！」

咲弥は最後の願いを込めて叫んだが、二人が起き上がることはなかった。

二人の姿が、どんどんと遠ざかっていく。

目から涙が零れ落ちた。

それと合わせて、咲弥の中にあった大事な感情が、失われていくような感覚に陥った。

これで自分たちの旅は終わったのだ――。

多くの犠牲を伴った無謀な旅は、最悪の結末を迎えることになった。

六

「これでよろしいのですね」

異形の兵たちを引き連れ、先陣を切って歩く穴山に、黒丸が声をかけてきた。

細められた目は、主人であるはずの穴山の裁量を試すような、不穏な輝きを放っている。

本当に、底の見えない男だ。

「ああ。これで良い」

穴山は、そう応じながら、ちらりと振り返った。

異形の兵たちが、捕縛した咲弥と、その仲間である玄通という和尚、それに白い獣を運んでいる。

封魔の鎚は、壊れていて手に入れることはできなかった。

だが、そもそも、山本勘助は封魔の鎚を欲していたわけではなく、それを葬《ほうむ》ることを画策していた。

そういう意味では、目的を果たしたと言えるだろう。

さらに、殺生石を宿した姫――咲弥をも捕らえることができたのだ。これで、勘助に対する忠義は果たしたということになる。

武田晴信に仕えていたはずの己が、今は山本勘助の言いなりになっている。

本来であれば、晴信を自らの傀儡《かいらい》と化し、武田の軍勢を私物化している山本勘助には、何があっても抗うべきだし、それが忠義心というものだろう。

だが、山本勘助の人ならざる強大な力を見せられては、どうすることもできない。

今は耐え忍ぶときだ。やがて好機は訪れる。それまで、勘助に従っているふりをする。それが穴山の考えだ。

しかし――。

もしかしたら山本勘助は、穴山のそんな考えすら見透かしているのかもしれない。その上で敢《あ》えて泳がせているとも考えられる。

たとえ、そうであったとしても、今の穴山に、他《ほか》に取るべき道がないのもまた事実だ。

「この先、どうするおつもりです？」

黒丸が探るような目を向けたまま訊ねてくる。

「わざわざ聞くな。分かっているのだろう？」

穴山が問い返すと、黒丸はにたっと口の端を吊り上げて笑ってみせた。

その笑みこそ、全てを承知しているという証拠だ。そして、その先に待つ戦乱を夢想しているのだろう。

「そうで御座いますね」

黒丸がわずかに後方に目をやった。

その視線の先には、さっき出立した那須岳がある。

夕闇が迫り、赤みを帯びた山肌が、穴山の目に禍々しく映った。まるで、これから、自らが歩もうとしている道を暗示しているようだ。

「では、次に何をすべきかも分かっているな？」

穴山が問うと、黒丸は小さく頷いてみせた。

「承知——」

黒丸がにいっと笑った。

今の穴山にとって、黒丸こそが唯一の生命線だ。この先の穴山の命運は、黒丸の働きにかかっていると言っても過言ではない。

おそらく、黒丸もそれを自覚しているだろう。

だからこそ、敢えてあのような問いを投げかけてきたのだ。

果たして、穴山の賭けは吉と出るか、凶と出るか。穴山は、頭を振って自らの考えを打ち消した。

この暗澹《あんたん》とした時代の中で、未来を予測するなど莫迦《ばか》げている。

どう転ぶかなど、神であったとしても、知ることはできないだろう。

「では行け」

穴山が下知を飛ばすと、黒丸はひゅっと視界から姿を消した。

もしかしたら、黒丸は裏切るかもしれない——ふと、そんな考えが頭を過《よぎ》った。

七

「咲弥！」

一吾は、声を上げながら覚醒した。

ごつごつとした岩が隆起した地面に、横になっていた。土が、赤みを帯びていて、禍々しい臭気の漂う場所だった。

――ここは地獄か？

ゆっくり身体を起こした一吾は、ぼんやりとそんなことを考えた。

記憶はしっかりとしている。一吾は黒丸によって、針のようなものを延髄に刺され、そのまま命を落としたのだ。

咲弥を守りたかった。だが、その願いは叶《かな》わなかった。

「一吾殿！」

駆け寄ってくる人の姿が見えた。

紫苑だった。

そうか。紫苑も、黒丸にやられて命を落としたのか。二人揃《そろ》って、こうやって地獄に落ちてきたのだと思うと、何だかやりきれない気分になった。

「一吾殿もご無事でしたか」

紫苑が、一吾の肩に触れながら言った。

この段階になって、一吾はようやく違和感を覚えた。

「無事？　おれたちは、死んだんじゃないのか？」

一吾が問い返すと、紫苑が大きく頭を振った。

「いえ。私たちは生きています」

言われて、改めて自分の身体に目を向ける。

急にそんなことを言われても、上手く気持ちを切り替えることはできなかった。

だが、よくよく辺りを見回してみると、ここはさっきまで闘っていた那須岳の洞窟の入り口だ。

土が赤く染まっているように見えたのは、夕闇が迫っているせいだ。

それに、この身体も生身のものであるように感じられた。

「本当に生きているのか？」

一吾は、自らの両手に目を向けながら口にする。

紫苑が「はい」と大きく頷く。

そうか。生きているのか——実感すると同時に、疑問が湧いてきた。

「なぜだ？　紫苑もおれも、黒丸に……」

一吾が口にすると、紫苑が視線を逸らした。

「私にも、どういうわけか分かりませんが、黒丸は、私たちの気を失わせただけのようです」

「気を失わせる？」

「はい」

一吾は、自らの延髄に手を当てる。

わずかではあるが、傷が残っている。しかし、それは極小さいものだった。黒丸が、その気になれば、首を刎ねるくらい、造作もないことだったはずだ。

あれほどの腕の持ち主が、仕損じたというのも考え難い。何かしらの意図があったのは明らかだ。

「何で、おれたちを生かしたんだ？」

「それは分かりません。ただ、黒丸は、前にも私と咲弥様を助けに入ったことがあります」

一吾も、覚えている。

勘違いして、黒丸に斬りかかったが、あとになって助けられたと説明された。あのときも、違和感を覚えたが、今はそれ以上だ。

「あいつは、何を考えている？」

「私にも分かりません。しかし、黒丸によって気を失わされたことで、異形の兵たちの目を欺《あざむ》けたことは確かです」

紫苑の言う通りなのだろう。

あのまま、あの兵たちとやり合っていたら、一吾たちは、間違いなく殺されていた。黒丸の登場により、命を救われたということになる。

だが、やはり、一吾には黒丸の真意が分からなかった。

疑問は渦巻いているが、それよりも、大切なことに一吾は気付いた。

「咲弥！」

一吾は、その名を呼びながら辺りを見回した。

しかしいくら必死になっても、咲弥の姿を見つけることはできなかった。おそらく、あの異形の兵たちに連れ去られたのだろう。

咲弥だけでなく、玄通の姿もない。おそらく、一緒に連れていかれたのだろう。

「考えるのはあとです。とにかく、今は咲弥様を追いましょう」

紫苑が、力強く声を上げる。

異論はなかった。今は、あれこれ考えることより、咲弥を追うことの方が重要だ。

無名が脱落し、矢吉の姿もない。玄通と咲弥は、連れ去られてしまった。残されたのは、一吾と紫苑の二人だけだ。

それでも、行くしかない。

歩みを進めようとした一吾は、地面に落ちている袋を見つけた。

封魔の鎖の破片を詰めてあったあの袋だ。

取り上げて中を確かめる。破片が、そのまま入っていた。壊れたものなど必要ないと放置していったのだろう。

だが、一吾はこの破片に希望を見出していた。

「どうしたのですか？」

紫苑が訊ねてくる。

「何でもない」

一吾は、そう答えると、袋を腰に結びつけて紫苑とともに駆け出した。

追いつけるのかどうかも、定かではない。仮に、追いつくことができたとしても、あれだけの軍勢を相手に、咲弥を奪還できる保証はない。

だが、それでも——。

荒涼とした大地に続く、行軍の足跡を追って、一吾は紫苑と、那須岳を一気に駆け下りる。

そのまま、休むことなく追跡を開始した。

日が完全に落ちれば、足跡を追うことは難しくなる。陽のあるうちに、できるだけ距離を縮めておきたかった。

少しでも、咲弥に近づこう。その一心だった。

一刻ほど走り続けたところで、一吾は足を止めた。

「どうしたのです？」

紫苑が訊ねてくる。

一吾は、紫苑を制し、屈み込んで地面に耳をつけた。

わずかにではあるが、遠くから蹄《ひづめ》の音が近づいてくるのが聞こえた。それも、一つや二つではない。相当な数だ。

一吾は立ち上がり、状況を伝えると、紫苑の顔がみるみる強張っていく。

「もしかして、こちらに戻って来ているのですか？」

「そうかもしれない」

「ここで、迎え撃ちますか？」

紫苑が身構える。

「こんな開けた場所じゃ、勝ち目がない」

さっきの教訓でもある。

広い空間で多勢を相手にするのは、あまりに分が悪い。やり合うにしても、森の中など、こちらに有利な状況に持ち込む必要がある。

一吾が説明をしている間に、ひゅっと風を切る音がして、足許に矢が突き刺さった。

隊列を組んだ騎馬隊が、真っ直ぐにこちらに向かって来るのが見えた。どうやら、向こうはとっくに一吾たちの存在に気付いているらしい。

一吾は、忍び刀を抜いたものの、迎え撃てるような数ではない。おまけに、逃げようにも、向こうは騎馬隊だ。瞬く間に追いつかれてしまう。

その先の行動を起こせぬまま、一吾たちは、騎馬隊に包囲されてしまった——。

（第三部・完　第四部に続く——）

初出一覧

「小説幻冬」
二〇一七年二月号　ＶＯＬ．04
二〇一七年三月号　ＶＯＬ．05
二〇一七年四月号　ＶＯＬ．06
二〇一七年五月号　ＶＯＬ．07
二〇一七年六月号　ＶＯＬ．08
二〇一七年七月号　ＶＯＬ．09
二〇一七年八月号　ＶＯＬ．10

本書は右記の連載に加筆修正し再構成した文庫オリジナルです。

幻冬舎文庫

●最新刊
近所の犬
姫野カオルコ

ローズイヤーの中型洋犬マッカラン、人心蕩かす「たらし」のロボ……ただ道で会い、ふれるだけ、そのたびにじーんとする。自称「犬が好きだが犬からは好かれない作家」が描く滋味あふるる私小説。

●最新刊
餓鬼道巡行
町田　康

熱海在住の小説家である「私」は、自宅の大規模リフォームで台所が使えず、日々の飯を拵えることができない。美味なるものを求めて、飲食店の数々を巡るが……。ああ、今日も餓鬼道を往く。

●最新刊
長くなるのでまたにする。
宮沢章夫

言葉が聞き取れないとき、何回まで聞き返していいのだろう？　見知らぬ人の会話に一言言いたくなったら……。日常に溢れる困惑、謎、疑問――。演劇界の異才による奇妙な笑い。傑作エッセイ。

●好評既刊
がらくた屋と月の夜話
谷　瑞恵

つき子はある晩、ガラクタばかりの骨董品屋に迷い込む。そこはモノではなく、古道具に秘められた〝物語〟を売る店だった。人生の落し物を探して、今日も訳ありのお客が訪れるが……。

●好評既刊
心中探偵
蜜約または闇夜の解釈
森　晶麿

美貌と知性を兼ね備えながらも心中を渇望する忍が理想の女性と出会い、闇夜に服毒心中を敢行する。だが翌朝、自分だけ目覚め、死んだ相手は別人に!?　忍は大学教授の〈黒猫〉と共に真相を探る。

幻冬舎時代小説文庫

●最新刊
サムライ・ダイアリー
鸚鵡籠中記異聞
天野純希

元禄の世、尾張の御畳奉行・朝日文左衛門は、風俗、文化、世情などを事細かに記した日記『鸚鵡籠中記』を執筆した。しかし実はもうひとつ、私事を綴った「秘本」が残されていて——。

●最新刊
遠山金四郎が奔る
小杉健治

北町奉行遠山景元、通称金四郎のもとに、火事の知らせが入った。火事場に駆けつけた金四郎だったが、ある男と遭遇して——。天下の名奉行の人情裁きが冴え渡る、好評シリーズ第二弾。

●最新刊
出世侍(五)
雨垂れ石を穿つ
千野隆司

将軍御目見の旗本・香坂家へ婿入りし、新御番衆として、江戸城へ出仕する身分となった藤吉。ある日、狂馬が将軍の駕籠を襲う事件が起き——。出世侍、藤吉の真価が問われる、シリーズ最終巻。

●最新刊
孫連れ侍裏稼業　上意
鳥羽　亮

夜盗に狙われているという両替屋の用心棒を裏稼業として請け負った茂兵衛。その仕事は運命を左右する転機となった——。愛孫の仇討成就を願う老剣客の生きざまが熱い！　人気シリーズ第二弾。

●好評既刊
秘め事おたつ
細雨
藤原緋沙子

金貸しを営むおたつ婆は、口は悪いが情に厚い。ある日、常連客が身投げを図ろうとした女を連れてくるが。誰の身の上にもある秘め事を清算すべく、おたつと長屋の仲間達が奮闘する新シリーズ。

殺生伝《せっしょうでん》〈三〉封魔《ふうま》の鎚《つち》

神永学《かみながまなぶ》

平成29年12月10日　初版発行

発行人――石原正康
編集人――袖山満一子
発行所――株式会社幻冬舎
〒151-0051東京都渋谷区千駄ヶ谷4-9-7
電話　03(5411)6222(営業)
　　　03(5411)6211(編集)
振替00120-8-767643
印刷・製本―中央精版印刷株式会社
装丁者――高橋雅之

幻冬舎文庫

ISBN978-4-344-42675-7　C0193　　か-43-3

幻冬舎ホームページアドレス　http://www.gentosha.co.jp/
この本に関するご意見・ご感想をメールでお寄せいただく場合は、
comment@gentosha.co.jpまで。